陶健诗歌

闰七月的孩子

TAOJIAN
SHIGE

陶健 著

上海文艺出版社
Shanghai Literature & Art Publishing House

图书在版编目（ＣＩＰ）数据

陶健诗歌：闰七月的孩子 / 陶健著 . -- 上海：上
海文艺出版社 , 2023
ISBN 978-7-5321-8653-2

Ⅰ . ①陶… Ⅱ . ①陶… Ⅲ . ①诗集－中国－当代
Ⅳ . ① I227

中国国家版本馆 CIP 数据核字 (2023) 第 087346 号

发 行 人：毕　胜
策 划 人：杨　婷
责任编辑：李　平　程方洁
封面书法、插图：陶富海
封面设计：悟阅文化
图文制作：悟阅文化

书　　名：陶健诗歌：闰七月的孩子
作　　者：陶　健
出　　版：上海世纪出版集团　上海文艺出版社
地　　址：上海市闵行区号景路 159 弄 A 座 2 楼
发　　行：上海文艺出版社发行中心发行
　　　　　上海市闵行区号景路 159 弄 A 座 2 楼 206 室　201101　www.ewen.co
印　　刷：三河市华东印刷有限公司
开　　本：880 × 1230　1/32
印　　张：10
字　　数：233 千
印　　次：2024 年 1 月第 1 版　2024 年 1 月第 1 次印刷
I S B N：978-7-5321-8653-2/I.6813
定　　价：78.00 元

告读者：如发现本书有质量问题请与印刷厂质量科联系　T：0316-3312202

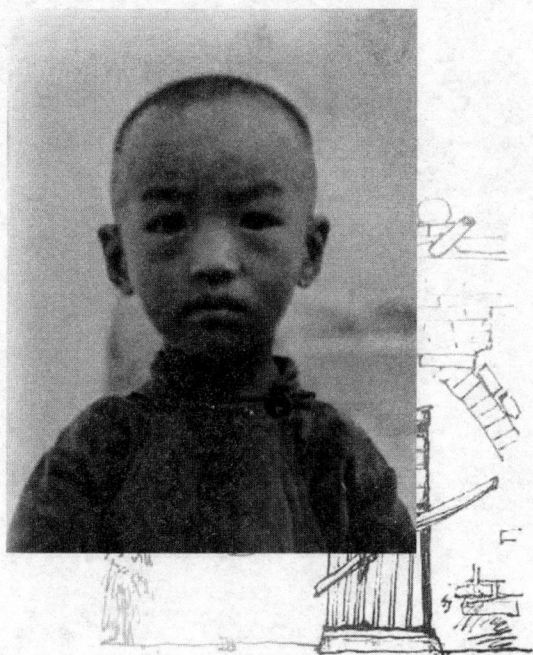

四五岁时候的闰七月的孩子，

人小，忧郁却不小……

序 一

闫建国

去冬，在侯马工作的陶健同志找我，说准备将自己平时写的诗文拢到一起出书，想请我写个序。我没有犹豫就答应了，我对他很了解，知道他爱写在平阳大地汾鄂二水及吕梁山脉火焰山间的所遇所感所思，这里也是我的家乡，乡情所系，在所不辞。不久，拿到了他这部七八十万字的书稿，既惊叹其数量巨大，也敬佩他用功之勤，《鄂河谣》《有距离的地方》《看云闲笔选》《闰七月的孩子》——读来，时时被其间流露出的真情和睿思所打动。

他的书饱含乡愁。乡愁是什么？辞典里说乡愁是思乡的忧伤情怀，我的理解，乡愁就是唐诗所谓"片云凝不散，遥挂望乡愁"的那种依恋，是对家乡的爱，是爱党之心、爱国之情和民族自豪感的根基。他的作品呈现出来的，就是满盈盈的乡愁。有对故土山川、人情风俗由衷歌赞的心声，有对人间朴素真情的眷恋与赞美，有对人生成长进步之路的思索，有对民族历史文化点滴的感悟……这些文字，读来宛如行走在乡村的黄土道间，嗅到来

1

自庄稼与杂草混杂绿植的淡淡的清香、泥土的气息，展露了作者人生体验中真实立体的乡愁情怀。这种乡愁，看似一事、一情、一思，实则融入了一方水土、时代脉动和拳拳赤子之心，充满了"为什么我的眼里常含泪水"的深沉之爱。

他的书探讨人生。文以载道，文字因为有思想而有生命，如果只是吟风弄月、强说愁楚，或只是自说自话，不问苍生，或寻章摘句，故作高深，都算不得好文章，甚至只能说是辞藻的堆砌、漂亮的废话。作者在《千古事》里，对文章的担当直抒胸臆，在《时间简史：一本更多给予我人生思考的自然科学书籍》里对人生天地间的依据、人的理性真纯宽厚和未来运命进行了深刻反思，在《关于我世俗一回的记忆》中对世俗和文明进行了探微。书中还有很多这样的思索流淌其间，而其鸣奏的主旋律就是：人生道义、家国情怀。

他的书温婉情深。散文之美，强调意在言外，情在境中，通过细节描写，表达出复杂细微的思想情感，准确反映事物特征，描摹出优美的意境。在乡愁的红线之下，他的书又交织着一条情感的辅线，亲情、爱情、友情，以真善美为取向，自由抒写着人类的普遍情感。如果说"乡愁"是这套书的骨架，那情感就是血肉，有骨有血有肉，情感真挚的叙写充满了人生的温度，这温度来自对生活细微而真切的感知。如《铁环》说"回家吃饭，走进院子，听见外婆说……我轻轻地又走出院子，靠在墙上，心头一热，泪水流了出来"。这个细节把寄人篱下的"我"在委屈与关爱之间的心灵感受写得透彻感人。正是这无数的细腻描写、细节刻画，像一颗颗珍珠嵌缀在书中，使情感的力量让人在阅读中感到温暖。

他的书质朴深沉。写文章，语言是最基本的功夫。文章语言好，并不是使用的成语多、辞藻华丽或奇诡就好，而是在平常语言的运用中酝酿出味道来，就像粮食发酵能酿出美酒。好的语言，与内容浑然一体，与所表达的情感与思想一同穿越时空，抵达与之有缘的心灵并形成共鸣。作者对情感张力与理性表达二者的把控，形成含蓄隐忍而又直达人心的写作风格，而其语言则让人感到是从沉甸甸的生活中点点酿就的，有着时光沉淀的、生活浸润的、心灵激荡的浓郁味道，像乡宁山间米酒的厚朴醇香，像襄汾油粉饭的微酸绵长。如《四月八》一文写道："其实我小小的心灵深处，是多么期盼年年四月八逢会可以有新背心。没有的我，有浅浅的感伤，可是我不说。"

陶健是基层干部，他坚持在工作中锻炼党性，在阅读中涵养情操，细碎繁重的机关文案工作和业务工作没有打磨掉他对生活的热情，没有消解掉他对文学的热爱，他以细腻含蓄的心思，真诚浪漫的情感，朴实隽永的笔触，在工作之余，在生活之暇，思考着、探索着、记录着，留下了这一页页人生印迹，让我们深切感知到新时代党员干部内心最深沉的家国情怀和道义担当。我相信陶健作品的出版将会成为临汾文艺事业发展的一个重要成果，受到广大读者的欢迎和好评。希望陶健同志在文学道路上孜孜不倦，越走越远！

是为序。

2022 年 2 月 16 日

序 二

王醒安

陶健同志要将这些年写的一些诗文结集出版，托我写序。我实不能推辞，因为陶健同志是我在侯马工作时看得上、印象好的一个年轻人。在我的印象中他不爱张扬，性格内敛，谦逊好学，颇有自己的思想见地，文字功底扎实，喜爱文学创作，较好地完成了我交给他的许多写作任务，再加上陶健同志也是襄汾人，所以我与这位年轻人便相识、相熟、相知了。

我认真读完陶健的集子，脑海中浮现出陶健人生经历的种种画面，很是感动。乡宁山居、鄂河成长、太平岁月，这些经历构成了他人生最基本的底色，透露出一种浓厚的人文情怀。这本集子既有他经年累月、回首往事时间上的距离，"记叙小小人物、小小趣事、小小快乐或感伤"，又有他走过这么多地方生活的空间距离，可以说，两者皆为熟悉的曾经历的空间和时间，如今蓦然回首皆为风景。集子中经历过的那些人和事、细细品来，历历在目，仿佛一幅幅图卷跃然纸上；还有相当篇目为记事，记录生活中的所见所闻，并于事中剖析自己，直抵灵魂。我欣赏的是陶健同志能用既平常又朴实的文字语言，通过提炼、升华，来表达自己的真实情感，总结了许多人世间的哲理感悟，值得一读。

推荐大家读读这集子，我觉得能给人以正能量。这正能量就是"乡愁"，就是融入了一方水土，融入了时代脚步，融入了拳拳之心，是对家乡、对亲人、对大好河山的浓厚的爱。

她能带你共同感悟人生，如文中所写"在听戏间，梦一般不期而至，戏完了，梦也醒了，你会觉得过去的都是一种幸福、一种感动，人生滋味，大抵如此"，等等，这样的感悟在集子里还真不少。

陶健给青年干部的业余爱好做出了榜样。陶健在完成好本职工作的同时，能跳出公文的窠臼，挤出时间搞文学创作，这一点特别难能可贵。时间是公平的，爱好是不同的，愿我们的年轻人都能养成"爱读书""读好书""善读书"的习惯，养成积极健康的生活方式。也愿陶健同志能坚持不懈，读更多的书，写出更多更好的文章。

是为序。

大山里走出的孩子（代序）

乔 琰

　　陶健先生要出书了，是新闻，也是旧闻。所谓旧闻，说的是，多年来陶健笔耕不辍，每每有妙语新作，便发来与我共赏，自然，出版便是水到渠成、不足为奇。新闻是，他行云流水，一口气就是几大本，把他这些年来的所想所思，除去一些不宜公开的，全部整理出来，一股脑出版，这是需要下很大决心的。

　　这些年，新媒体时代，读书人可能被视为另类、奇类、少数类。但陶健执意于此，可能是一种情结，可能是想对半百人生的一个期中小考，既如此，乐观其成。

　　陶健嘱我作序，说他的书，让我作序，让他的叔父、考古界泰斗级人物陶富海先生作跋。这让我很有点惶恐不安，很有点受宠若惊。但陶健认死理，说非我莫属，说我懂他。既如此，那我只好从命，写写我认识的陶健其人其文，不知是否算作真懂他。

　　我和陶健，相识于汾城中学高二时期。

　　当年，那是一座上了发条的农村中学，进了这座学校的同学

6

们，每天行色匆匆，生活里的每一个间隙，都像是在和时间赛跑：去食堂需要跑步、打开水需要跑步、上厕所需要跑步、去教室需要跑步……在这样的紧张生活中，我和陶健，因为不在一个"号子"（我们把宿舍叫作号子），所以整整两年，并没有多说过几句话，更多的，只是观望：咦，这家伙读课文读得这么好；咦，这家伙作文写得这么漂亮；咦，这家伙人缘这么好。

嗯，陶健这家伙人缘好，而且"蔫捣"。他似乎是他那个"号子"的精神领袖。"号子"里的其他同学，围在他身边，待他如兄弟，如一家人。"蔫捣"类似于如今的"闷骚"。陶健话少，但很有机锋，一群同学打打闹闹时，他并不轻易出招，语出必惊人。而且"捣怂"起来，会让周围人哈哈大笑，纷纷折服。

我和陶健，熟识于大学时期。

陶健上了一所培养领导干部的学校的大学班，虽然毕业证发的和我一样，都是山西大学，但四年间，人家学校的伙食，比起我们，好了很多。所以，每逢周末，我们便去蹭饭，刚开始蹭得不好意思，后来蹭习惯了，有阵子不吃他们食堂的饭，就特别馋。就在这样不断地蹭饭中，我们逐渐越走越近。

陶健上这所学校，报这个专业，如今看来，一点不奇怪，他有投身宦海的理想，他有出人头地的渴望，他有建功立业的本领。只是陶健骨子里是个文人，年少时期，谁能想到，一个文人从政，一个平头百姓的子弟从政，会有多么艰难。但年少时期，大家不会有悲观，有的是指点江山、激扬文字的豪迈以及对人生的憧憬。

陶健文章好，高中时写作文，经常被语文老师当作范文宣读。进了大学门，开始写文章，写小说。大学刚刚毕业，我曾经收到过陶健的一篇小说文稿，写在300字一页的稿纸上，厚厚一杳。小说的内容，我一下子想不起来，但我记得，当时我看完这篇小说，立马也冲动起来，以陶健为榜样，买了厚厚的稿纸，写了厚厚的一本，起了个标题叫作《驴鼻子前的草》。后来，搬家多次，找不到了。

陶健文章好，字写得更好。大学时的陶健，练"十七帖"，练"鲜于枢"。端庄秀气，很有骨感。而且我知道这家伙这么多年一直没有放松，一直在写字。前些日子，在手机上看见了他一幅作品，苍劲有力，干净大方，着实让我眼前一亮。可惜这家伙从不示人，低调得过分。

我和陶健，惺惺相惜于最近几年。

八年前，时势造化，我做了一个新媒体平台——"老家山西"，刊发一些乡土乡情、游山玩水、民俗风情之类的文章，因得风气之先，竟然小有所成。在"老家山西"上，逐步认识了许多地方贤达，每日隔空交往，以文会友，倒也自在。有一年，刊发乡宁一文友的一组文章，没想到千丝万缕，竟然结识了许多乡宁人，了解了许多乡宁事。这期间，陶健这个老同学，也通过这个事件，走向前台，开始在"老家山西"上，首发他写的《鄂河谣》。这是一组记述他在乡宁生活经历的文章。作为第一读者，我才感觉到，我是刚刚开始了解我的这位老同学，也正是通过这组文章，我才逐渐感觉到，原来我们的心跳，竟然有着神奇的合拍节奏：陶健的细小的感觉，陶健文中想表达的情绪，陶健对世间人情的感受，一步步让我触摸到了一个熟人心底最柔软的一面。

的确，在你的身边，可能有许多你觉得特别熟悉的人，其实，你根本探不到他的心底。但文章不会骗人，在他的字里行间，你感觉到的，才是一个真实的"熟人"。

陶健生在襄汾，长在乡宁。乡宁，是和襄汾紧紧相邻的一个山区县。在我们小时候，农业为王，平原上生活的人，因为种粮方便，常常有生活上的自豪感，他们把乡宁这些山区县，统称为"山里的"，甚至还贬称为"山毛"。但山里人根本不以为意，他们会宽宏地一笑，不与置评。他们对这座大山的感情，哪里是其他人能够理解的呢？

时过境迁，近些年来，我常常游走于大山，也结识了许多大山里的朋友，在他们身上，我常常会觉得自己原来是如此庸俗不堪，大山里的孩子，大山里走出的人，他们身上的光辉，让这座山，成为我向往的地方。

乡宁之于陶健，就是这样一个温情的所在。在《鄂河谣》里，陶健说："村子右脚下鄂河冲积的平坦的大片开阔地，有几千亩吧，肥得流油，又从村东辟了水渠引鄂河水灌溉，种菜蔬，西红柿茄子豆角黄瓜北瓜胡萝卜辣椒芫荽菠菜，等等，特别是绵香可口营养价值极高的山药，闻名遐迩……""这一方水土滋养的一村好几百口，人人说起话来，唱歌一样，悠扬婉转，拖着调调，朴实而热烈，情感浓而意味长……"

《鄂河谣》《山居吟》是陶健乡愁最热烈的一组文章，在这里，有他的芦苇地，有他的下县村、尉庄，有他的姥姥、舅舅，有他的老师、同学，还有他少年时所有的情愫。每一个活灵活现的场景，都充满了浓郁的淳朴味道。

你在哪里长大，哪里就是你的故乡。所以，我更认为，陶健就是乡宁人，他对乡宁的记忆，让我们打开了一扇通往我们儿时的大门，打开了一扇认识乡宁的窗口。让所有读者对乡宁的认识，停留在那可亲可亲的鄂河，可香可香的绵山药、烫面油糕里。

襄汾虽然是陶健的老家，但陶健走近襄汾，却是在忐忑、胆怯的心态下，惶恐不安地回来的。乡宁大山，给了陶健一个温暖的少年，当他离开乡宁，这个走出大山的孩子，内心的不安在《太平歌》中有着清晰地描述："一脚踏上襄汾的土地，强烈的阳光给我造成的那一阵眩晕，还有定神以后看到的车站种种乱象，浓烈的柴油、汽油燃烧的令人作呕的气味，车一走动便尘土飞扬，苍蝇在空中自在随意飞行或在摊点的水果上走爬……"

　　我也曾有着相同的经历，那时我刚上初中，离开我儿童时的玩伴，离开我的村庄，我到达的那个地方，同样让我感到不安，在一个相当长的时间里，我的抗拒、我对故乡的思念，至今想来，刻骨铭心。

　　但襄汾，毕竟也是陶健出生的地方，他"就这样，我走着，遇见人问着，往南贾去。一路上那收获过的袒胸露乳的麦田，那正在吱吱长高的棉花……""我对南贾又是异乡一样的陌生，显得有点异类，由此形成了我对哪里都留恋、对哪里都想出逃的心，我的精神始终有一种流浪感"。

　　近乡情更怯，不敢见来人。那是游子归来的胆怯，陶健还不是，他是在纠结错杂的情感下，他是在被乡宁大山滋润的温暖下，突然走近生他的地方，想逃避，但又不可抗拒。

　　幸好，陶健有着良好的学问底子，很快，他走进了紧张的高中生活。学习好，在那个时候，是一个响亮的名片，会让所有周围的老师、同学去关心关爱你。在陶健的笔下，这一组生动的高中群肖像，虽然他有顾虑故意避嫌，但仍让我们感受到了一种活泼的生活景象。

　　大山里走出的孩子，注定是敏感的，注定是有着强烈自尊的。他们对身边的人和事，可能表面上客客气气，但骨子里，却有着自己犀利的看法。陶健的《闰七月的孩子》《看云闲笔选》等，这种敏感和自尊，不时闪现：

> 我也是拔剑四顾
> 也一直想做一条好汉
> 可是每个人的人生
> 命里都有自己
> 无法消解的十二道金牌
> ……
>
> ——《拔剑》

> 花的绽放
> 气息潜伏迷魂
>
> 一滴泪水
> 把夜月揣在胸膛
>
> 他们糊涂地清醒着
> 洋洋得意沾沾自喜
>
> 我清醒地糊涂着
> 默然却不是沉默是金
>
> ——《悲哀与无耻》

毕业后的陶健，分配到一个小城市，开始做老师，后来进机关。生活慢慢磨掉了一个曾经豪情万丈的孩子的进取心。当年，他壮志凌云，以那所著名的领导干部学校为起点，以为从此可以踏上一条衣锦还乡的路。可是，对一个最最底层的小人物来说，从最最底层起步，想都不用想，一次次受伤的经历，是怎样让一个青春的少年逐步变成一个冷静的中年。

比别人强大的，是陶健的阅读与写作。这么多年，他对故乡的记忆，他对故人的怀念，他对生活的感悟，他对人情冷暖的认知，就这样一晚上一晚上地在他的笔下流淌，凝结成《山居吟》《鄂河谣》《太平歌》《闰七月的孩子》《看云闲笔选》等。

陶健喜欢苏轼，自号"坡公门犬吠"。东坡先生一生，仕途坎坷，然洞彻人生，终成文坛领袖，且笔力雄健，《寒食帖》惊为天下第三行书，后世楷模。后生追随，身处体制内的陶健必当是有更多感悟，这一切，可能都隐藏在这厚厚的一套文集里，读者诸君，需细细揣摩，方得妙处。

是为序。

目 录
CONTENTS

记 2014 年 8 月 20 日的夜

1

老婆眼睛盯一会儿电视
然后埋头看一会儿手机
她看的电视
是一部婆婆妈妈的
声音与嘴型对不上的韩剧
她看的手机
是微信、QQ，还是
别的什么呢

2

楼下小街的对面
派出所的门前
突然就急促地
人声扰攘
到阳台上做看客
俯见一辆警车红蓝灯闪烁
也不出声

有人捂着脑壳

有人衣衫凌乱
有人扎武装带
走进了派出所大门
是喝酒了
还是有什么过不去的
何必呢

3

习惯了
不拉住窗帘地睡
虽然看不见星星
有远处高楼的霓虹灯也好
酒红　宝石蓝　翡翠绿
明灭幻化的光
是暧昧迷离的酒
夜半醒来
只有街灯暗弱
仿佛宿醉睡眼的寂寥

4

苍翠莽莽
山石嶙峋
四下里尽有蛇的
隐伏或游动

置身其间
森然气息从脚心蹿上
手里何以抓着一条
手臂粗的褐色的蛇呢
冰凉的感觉从手心钻入
与足下气息碰撞
打冷战和憋尿
它对我吐着信子
我只是把脸左躲右藏
该抛开手里的长物逃跑的
却不　为什么呢
它终于闪电一样咬了我的手背
啊　我的手背一道青色
我得去医院　赶紧
怎么没有人接去我手里的蛇
怎么我也不知道要扔掉蛇
我要死了
我要死了
那一刻　我哭了
心间满是
对辛苦人间的
无尽留恋与悲怆感

2014 年 8 月 21 日

高 兴
——读贾平凹长篇小说《高兴》

高兴
一个具体人的名字
分号
一根轻贱的草

高兴
是那个时代的窟窿

2016 年 2 月 3 日

霾

客厅塑钢的窗扇半开
冬日的风
忽地就侧身挤了进来
有些刺鼻的味道
却不明白
是什么东西的味道
像一个久未洗澡的人

早晨屋里气息陈旧
打开窗只是想透透气
正侥幸没有风呢

风在我的肩头拍拍
载着我的摇椅慌乱起来
我赶忙趿拉上鞋子
去关闭窗户

外面灰白一片
浓稠黏滞郁闷
那是整个北国冬天的
不好意思

2014 年 11 月 23 日

夏夜的孤独

三两瓶啤酒
两碗饸饹面
不要小菜

小酒馆的灯是节能的
惨白
昏暗

喝着
吃着
一身疲乏随之散开

酒的金黄
面里五花肉屑的香
眼色渐次红烧迷离

儿子与老爹老娘
豚豸一样肥健的老婆
在那个叫紫家峪的山村

一种盼望
一种牵挂

一种无奈

于是就干最重的活儿
于是就吃这漂一层猪油的面
于是就喝这最便宜的酒

有忍受得了的
有忍受不了的
却都必须去忍

一身一头的汗先用手掌揩了
回到工地的工棚再端盆水
使毛巾好好地擦

工地上老是白菜浇面面浇白菜
酒足饭饱了打个响嗝
自己这样的日子也不多

街灯亮亮堂堂
下水道的汽车的酒店的人们的气息
都混在焐热的空气里

有人匆匆独行
有人耳鬓厮磨
有人偶然撕破嗓门叫喊

再怎么温婉粗俗寒冷炎热
异乡的乡下人也眼热这里
终是只能在心里黯然叹息

习惯了便没有感伤吗
想起小时候紫家峪夜晚的星星
城里的夜晚一般看不见星星

2014 年 6 月 18 日

2014·印象

春花儿又渐次盛开
人生的时光却没有轮回

夏天的树变粗
不是像人一样长胖

秋天手持一粒种子
怅然若失

全乱了　一枝铁的玫瑰盛开在
冬天　会生锈吗

某晚　月光照不进我梦里
而梦的泪水湿了枕头

生命或成了一段空白
诗丰满起来

2014 年 12 月 13 日

河南隆子

侣平

告密者

一只蜈蚣风筝
站在白云下瞭望
却把黑色的信号从
牵引的线上传出

2015 年 1 月 26 日

没有人知道我是谁

你说你认识我
我叫陶健
五十岁男人
小公务员
活得仿佛体面

别逗了
我都不知道自己是谁
你竟然说你知道

如鱼饮水
冷暖自知
如果一直在冷的水里呢
在固态的水里

你知道你是谁吗
老实说话

2017 年 3 月 17 日

无题（你眉宇间的忧郁）

你眉宇间的忧郁
你说不是你心绪的投影
你的心是阳光的馨香的纯净的

你眉宇间的忧郁
只是天生的模样
恰是我喜欢得难以呼吸的那种

你眉宇间的忧郁
你不当是回事儿
我想却是上天摄我魂魄的力点

2014 年 6 月 1 日

现　实

脸，像打破的玻璃
却没有散形
裂痕，像凌厉的刀锋
却没有刃

世界，在拼命地拼凑
却在裂痕跟前止步
于是，不知道是世界碎了
还是我碎了

毕加索的画技如此拙劣
把裂痕，或刃锋引入心间
把痛楚也一同引入，哦
上帝，醉的死抑或痛的死？

2017 年 5 月 1 日

2015 新年

四十六年生命简历
确定了这一段时光的
一眼望穿
而这一简历　究竟
能续写多少页
却是上天的事情
且挤住眼睛
前行

2014 年 12 月 24 日

梦

高脚透明的红酒杯
盛着黏稠的夜光
浮动着
苹果的味道
小麦的金黄
女妖的微笑
泪水的湿漉
抿下一口
冰冷像一根细线
从嘴巴游走到肠胃
到心底

2014 年 8 月 10 日

无题（一块黑色的石子一般的小鸟）

一块黑色的石子一般的小鸟
向着西边天际飞去
那一刻太阳正像烧乏的炭块
暗红而热度渐次消退
一笔抹就了黛山彤云

小鸟原来在不高的空中飞行
并没有去追逐夕阳
只是在较高处看下面
来发现豆子或昆虫来果腹
原来像我一样叫我失望

2014 年 7 月 30 日

献

每个碗里
捞四个饺子
舀一勺面汤

四个碗
四双筷子
四炷香
四个叩头

春节饭时
整个村子
每一户人家
都会与先人们
无言对话

伏惟尚飨

2015 年 1 月 1 日

2016

表皮一个小锈斑点
扩大，发软，深入
颜色变重
流出了酸腐的恶毒的水

是一只苹果的渐次烂透

不得不吞下
不得不吞下

还要苟活
原来，原来
苟活着
不一定就是可耻的

2017 年 1 月 14 日

个人的痛苦

水面的涟漪
不是荡开而是相反
举起那枚石子

那枚石子
是某人的心核
是坚硬疼痛

专注于个人痛苦
羞愧啊　可是那一潭水
难道没有干系

2017 年 1 月 29 日

迷　途

太阳眯眯笑着
俯瞰着大地
掏出大把金币
从树叶闪烁的缝隙
投掷在丛林的
覆盖了厚厚的
腐殖物的地面
四下里看去
每一个方向
都是暖洋洋的
金光大道

2014 年 9 月 6 日

无题 (这个夏季)

这个夏季
我的脑海空荡干涸
就像小时候村头的
那片麦场　什么都没有
连一垛麦草都没有
阳光嗒嗒走过
威风锣鼓的槌点一样
激越密集震耳欲聋
面庞　发间　胸背
汗水滂滂如雨
胳膊上汗水眼看着
豆子一样层层沁出
这样的天气一般不会有风
有风也是热风

这个夏季
每每在炎炎的阳光下
我就会想念热风
想让汗水更加淋漓
就像一个苦行的僧人

2014 年 8 月 3 日

2018 年 12 月 31 日

往年的岁末
总想写点文字
写了，或未写
欲望抑或想法
就在那儿

今年的今天
没有一点点想法
抑或欲望
只是中午发小自远方来了
喝酒，晚上
是高中的几个学友
喝酒，跨年放在酒里
什么也不说
不想说，什么也不想

2018 年 12 月 31 日

南贾镇

六岁时的别离
一别十年
注定了永远的陌生
注定了流浪的乡愁

我知道我是你的
却总感觉你不是我的

永庆院悠远的钟声是他们的
街上游手好闲的风是他们的
麦子无边的金黄是他们的
汾河清馨的水香是他们的

所谓回乡　于我
就像一滴油滴在一盆水里
的疏离　想亲昵一下
总那么难为情　那么生硬

我真的是你放飞的
一只风筝
想飞得更高更远
那一脉牵挂却永不能弃

2014 年 8 月 20 日

无题（夜深了）

夜深了
让我沉入夜色的最深处吧
汽车的马达和喇叭声
练歌房的音乐声
街头闲聊者的话声
都不让进来
只让夜幕微细的星光
窗前剪影少女身姿的光
母亲在某处盯我的目光
进来吧
这样的梦才是自己的

2014 年 6 月 2 日

小伙伴

我是他
她是她

初中时候的小伙伴
没有说过一句话

五十岁的她说他
你一直都是诗人的气质

那悲天悯人的
那流浪的，那抑郁的……

2020 年 5 月 13 日

阿尔茨海默病

父亲每天都问我
我娃呢
我说我就是啊
他摇摇头
依然固执地要他的儿子
于是我每天都必须
装得急匆匆走出家门
然后在某个地方坐坐
抽根烟　发阵呆
回家再告诉他
联系上啦
过两天就回来
他就又开始了一次
充满希望的等待

我给父亲寻找我自己
是那几年一门必需的功课

2014 年 8 月 20 日

年终盘点·2016

忍耐
从元旦到
十二月三十一日

琐碎
从身体到
情绪和思维
还有所谓的事儿
这事儿
那事儿

生命如纸
平展展的
能揉了
拨拉①展
能撕了
再拼起来
已然不会像最初

本命年
酒也不喝了

剩的这半碟咸菜
怎么办

注：①拨拉，方言，用手把某物来回
拨动，或者把不平整的纸、布、衣服等弄
平整的动作。

2017 年 1 月 4 日

无题 （时间弯弯曲曲）

时间弯弯曲曲

蛇一样从我脑海游过

它东游西荡

南来北去

上翻下飞

我的脑壳是一座迷宫

看着蛇在里面的舞蹈

我暗自发笑

一切在握的时候

我悲哀地发现

自己的身体风化

沙粒沙沙地掉

2014 年 8 月 4 日

一九七二年于十渡在俘内钓得大鳖一只

双方

叙为对方

时为

浪费

线断鳖去

两人抚掌

大笑以为

放生行善也

丁丙冬 偈平忆画

邂　逅

命运的蜿蜒小径
挽着的节
N 年时光酿制的酒
甘苦的完美统一

2014 年 6 月 26 日

拔　剑

谁说的呢
人生最大的敌人
是自己

想想这话
想想五十年人生成果
都仿佛在证明自己
跟它同伙似的
吃饭放屁想女人
学习冥想听音乐……
一起干了多少坏事好事

我很暧昧吗
我很苟且吗

其实我做了五十年
敌人的敌人

我也是拔剑四顾
也一直想做一条好汉
可是每个人的人生

命里都有自己
无法消解的十二道金牌

欲渡黄河冰塞川
将登太行雪满山
太白先生
我还能偶尔念念你的诗句
甚好甚好

2017 年 3 月 5 日

给自己一次……

给自己一次宿醉
哪怕醒来像挼了又
拨拉开的一张纸
那样憔悴

给自己一次冥想
哪怕一腔废话一心俗事
也让脚步等一等自己
落在后面的心

给自己一次流放
哪怕像东坡一样海角天涯
任他
一蓑烟雨

给自己一次花开
哪怕是梦里的花开
让生命的鲜美
感动自己

2014 年 7 月 25 日

跑事儿

粉墨登场

总是在谁家的灵堂前

粉也简单

墨也简单

五个八个人的草台班子

家伙热闹敲打

演员唱吟舞蹈

总是恓惶悲伤的

乱弹几段

在随便的一间小屋

画脸更衣饮水小憩

早起吃大锅熬的

猪肉白菜豆腐粉条炖菜

午间吃凉热荤素甜咸搭配的

八碟八碗大菜

还能喝几盅廉价的烧酒

唱的时候哭泣恸绝

唱得下来

该说是说该笑是笑

伤心是主家的事情

心底也有唏嘘

但还是唱戏要紧

自家也要活自家的
家里的老少
都指望着每次挣来的
百十元的银钱
蒲剧列入文化遗产名录
那是遥远的事情
和他们实在是
不大相干

2014 年 9 月 11 日

无题（花开的时候）

花开的时候

闪电明亮雪白的弧线

把梦劈开一条缝隙

雨水瓢泼进来

紫蓝色的花瓣残落地面

被漂得苍白

我的躯体瞬间烧焦

湿淋淋的世界上

只有黑白两色

2014 年 8 月 4 日

星　星

每一个星星啊，
都代表着地上的一个人。
天上有流星滑落，
地上就有一个人殁了。

　　　　　——外婆说的话

开放在天穹的小花
每个夜晚
都出来眨动着眼
莫非只是想望见
那另一个自己

流星划过
是星星去追赶
那殁了的人
自己温暖自己
照亮孤寂归途

哪一颗星星是我
哪一个时刻会滑落

　　　　2014 年 8 月 26 日

报纸的 N 个作用

那些年
糊屋子的顶棚
裱炕围子
包裹食物
充当优质手纸

现在
洗完车垫在脚下
粉刷房间铺在地板上
在露天的地方坐
练习毛笔字
卖废纸

英语的报纸单词
直译过来应该是
新闻纸

2015 年 1 月 4 日

孤独二首

其一

一场梦
里面一无所有
连一声鸟叫
一瓣花香
风走过树叶的脚步
或轻轻的叹息
都没有
有一滴泪
只剩下干涸的
聊胜于无的
痕迹

其二

连微笑都是多余的
就更不用期待春天了
且让冬夜的寒冷
把心裁切成方形的
冻结成冰凌
只要能住得下梦

哪怕是冬眠了的梦
就等待你的
只有你的一滴泪
来点燃

2014 年 6 月 10 日

七层楼的窗外

透过玻璃
透过玻璃上的浅浅雨脚
一块空地
照例的垃圾荒草
一个新建成的公园
新做的名画赝品一样
一片高高低低的建筑
纸盒子一样摆放
纸盒子间隙窄短的马路
车与人倏忽而过
电线被举在空中
电线杆像战争片里的
以身体当导体的接线员一样
绿色的植物氤氲在城市的缝隙
叙说着夏天的葳蕤和温度
远处天际
一抹灰白的云
目光渐次坚实地铺开

空气中忽有
高山流水的古琴音乐荡来
公园里有一口古井吗

眺望的眼

骤然变得空洞

2014 年 6 月 30 日

无题（秋虫们明白自己的寿命）

秋虫们明白自己的寿命吗
不过几个小时或几天
却依然你在树枝上我在草叶间
快乐地合奏着生命的交响曲

2014 年 8 月 5 日

幸　福

一个美妙的花园
芳草鲜美
落英缤纷
亭台楼阁
小桥流水
曲径通幽
人自怡然

青砖围砌的透视花墙
没有入口

2014 年 7 月 11 日凌晨

悲哀与无耻

花的绽放
气息潜伏迷魂

一滴泪水
把夜月揣在胸膛

他们糊涂地清醒着
洋洋得意沾沾自喜

我清醒地糊涂着
默然却不是沉默是金

2019 年 6 月 7 日

关于爱情

——致雨儿

两朵初绽的春的小花

相顾缱绻

懵懵懂懂

把心放到他（她）的心里

把梦做在他（她）的梦里

有那聪明的

说那爱情的花

要生长在金枝玉叶上

整个春天

就都顾左右而言他

2014 年 7 月 26 日

无题 （我在网上购买了一张古琴）

我在网上购买了一张古琴
花了一万八百元人民币

我不懂音律
不会指法
也没有想学弹奏
买它，只是因为在网上
听了些琴曲

我喜欢那声音
喜欢那把身体掏空
薄如蝉翼的感觉

琴摆在那里
我只会轻抚
蹦出单个的音符
已足够

2016 年 12 月 25 日

幸　运

把圆月
当成一枚硬币
抛起
落下
掀开上面的手
是月光的皎白

2014 年 6 月 17 日

清 明

田野的小路
黄土里杂糅着
庄稼和野草的枯叶
总也那么缠脚
崖畔的一株无名小花
紫蓝色的
在踮着脚尖守望

墓旁小小柏树和青石的碑
一缕四月的风掠过
抹在我的额头
太阳照彻心底

这一天
是丈量生与死
亲情与思念
血脉与肩头
距离的起点
它们彼此相距得
那么近
那么远

2014 年 7 月 16 日

无题 (冬天来了)

冬天来了

我也把心房腾开

冷冻起来

像落雪的大地一样

空空荡荡地休眠

像虔诚的教徒一样

默默地等待

等待第一缕春风吹来

那时我就播撒手心攥着的

马蔺花种子

一片蓝紫色将盛开在

我的心上

你的梦里

令人心悸

令人迷醉

那忧郁的蓝紫色啊

2014 年 8 月 13 日

雪 融

竖琴的弦滴下
奏响莫扎特的安魂曲

窗玻璃里面的玻璃翠
渴望不能接近的凉的湿润

远处　灵魂渐次浸入土地
无声地呻吟

感动像墨色　在清水里
丝带一样缓缓舞动扩散

北方的风双手掬捧
唯有雪的无痕　无香

2015 年 1 月 30 日

背 景

我看见一个人
和我长得一模一样
颀长的身板
平静的面容
无端忧郁的眼
正背负穹庐
一个灰色的天空
走在灰色的地面
画外音晦涩阴郁
我还是听明白了它的意思
和我自己想的一样
那是另一个我
他在我诸多夜晚的梦里
踽踽独行

我手电筒永远不能照彻灰色
啊　电池就要没电了

2014 年 9 月 7 日

关于回忆

春天知道自己的必然逝去
便把回忆交给了夏花
夏花明白自己美丽的短暂
又把春天的回忆交给了秋实
秋实便是所有季节的
希望和春的回忆

我对你的回忆只在我的脑海里
不能托付给任何人

2014 年 9 月 6 日

秋　实
——兼致白石大师

原来的一个木匠
把谷子南瓜柿子葡萄什么的
写在纸上　后来
无意之间随便一叶
就能卖出千万上亿
于是这些画作
地偏心远的我
只在画册上看到过
木匠并不知道

又是九月
秋风爽快地如约而至
那个早晨
我散步在一片红薯地前
白霜铺开一地清醒的凉意
红薯已经可以收获了
我听见了它们
在泥土里面的窃窃私语
木匠画过各种各样的秋实图
他画过红薯吗　倘有

能不能模仿一下
这个时代的娇嗔
做这片卖不了几个钱的
红薯的免费形象代言

2014 年 9 月 21 日

无题（嗨，刚刚飞过天空的鸟儿呀）

嗨，刚刚飞过天空的鸟儿呀，
你可是泰戈尔笔下的那只？
它没有听见我的问话，
兀自轻快地飞走了。

2014 年 8 月 16 日

萝卜白菜各有所愛，己所不
欲勿施於人。雪君於旧鏡

湮 没

夜半没有睡稳
一句诗突兀而来脑海
急亮灯摸笔
忽听老婆呓语
你别再写了
四十六七的人
再写就成顺子①了
那句诗拔脚就跑

默然熄灯
夜一下子把我湮没

注：①顺子是我们乡宁小城 20 世纪 80
年代的一个疯子，见天满大街游走，始终
面带微笑。《鄂河谣》有记。

2014 年 8 月 8 日

壁　画

第一眼看见你
我就要把自己心的四壁
都画上你
像敦煌壁画的飞天
你却扭脸就走了
无奈的我去夜晚
想沉入黑暗里的黑暗
星星却撒落一地
也许星星知道
壁画会一立千年

2014 年 8 月 16 日

关于冥想

就像花开
随便哪里都可以
深山　田野　花盆

是一种习惯
一种生活方式和内容
就像吃饭睡眠一样

可以是意识流
或空空荡荡
也可以什么都不想

叶动是对的
风动也是对的
心动还是对的

我生活在宇宙的怀抱
宇宙却装在我的心里
我心在你心

不一定就非要想明白

板桥说难得糊涂

根本的是冥想本身那一过程

2014 年 7 月 23 日

秋天，城市的黄昏

看着埋头兀自忙的城市
碾过西边天空的太阳
召集了几片闲云
一道红了起来
就像当年乡下铁匠烧红
锤了一阵的铁的颜色

一阵风儿吹过
街边法国梧桐行道树叶子
掉下一二　黄了
但水分依然丰足
笨拙地跳舞
就像啤酒喝大肚皮的胖子

街灯亮了　仿佛
是对太阳的不屑一顾
街面店铺的发光二极管灯
也星星点点地亮了
七彩闪烁　连成小片
然后连成大片

人们劳累了一天

反而来劲了　这一刻
开始急匆匆地
往各种不同场所聚集
吃饭　饮酒　麻将　约会
一整天的逍遥时刻
终于可以卸下一会儿面具了
有不少人不愿卸下面具
习惯了　不戴找不见自己
以为面具就是自己

季节对城市失去了意义
黄昏更是不足以道
黄昏渐渐变成黑色
或者说是黯然失色

2014 年 9 月 3 日

夜　色

是女人最美最魅肌肤
是雄性的燃烧液体
是欲望的旗帜
是心悸的药
是最深入的表达
是最弥漫的孤独
是至暗的至亮的未来的序幕
是生是死的通道

2019 年 9 月 28 日

并州秋雨

沉郁了许久许久
雨滴终是淌了下来
细细的　疏疏的
清清的　凉凉的
高大的瘟矮的建筑
疾驰过去的汽车
街头衰败进程中的植物
人行道匆匆而行的人们
整个城市的十月
哪儿哪儿都浅浅地湿了
微风也湿了
有个人在街角
轻轻闭上眼
眼里湿了

2014 年 10 月 24 日于太原

关于诗和远方

诗
是心的花
是爱和恨
无关乎远方
心远地自偏
只关乎内心流淌着的
火红炽热的血

2018 年 6 月 12 日

秋　天

立秋了
几条街的树木
几处公园的绿地
都坚持着僵硬的绿色
有如徐娘半老的粉黛
是实习生的画作

人们行色匆匆
走过一年三百六十五天
此刻　有短袖衫替换为长袖
不是因为感知春夏秋冬的
季节流转
只是因为天气预报上说
气温略微下降
孩子们都只知道好吃头
是在超市买的
不知道或不意识到
是现时的秋的收获

没有粮果最初的香
没有虫子满世界的鸣叫
没有天凉好个秋的味道

其实　城里的四季
都是打了折的
就像商场里促销活动
商品价格

2014 年 9 月 10 日

夜　市

油烟飘来
各种肉食青菜熟了的香
招牌红的绿的蓝的
想尽办法地招眼
设施简陋
塑料和铁的作品
人声嘈杂
一圈一圈
有酒喝得不少的声震四座

这是北国夜市
就是平头百姓不花多少钱
就可以尽情吃喝的地方
大城小市
在不关键却方便的位置
都会有　在这里
不需掩饰
不需假面
劳累了就大口喝酒
喝多了就嗷嗷呕吐
开心了就放浪去笑
伤心了就尽情痛哭

有真性情交流的抚慰
有夜的母亲一样的轻拍
明天
还会好好继续

2014 年 8 月 9 日

玻璃体后脱离

好像插入了一片
毛玻璃　不规则
像一片云随着视线飞动
你看哪里，它们就遮挡哪里
遮挡的视野有多大呢
百分之五　还是十
但是一点也不疼
也不痒痒
除了视觉以外的感觉都没有
那是左眼
那是二〇一五的初夏
一个突然的时刻

我以为是飞蚊症
就是说玻璃体浑浊
当地的两所医院医生看了说
是玻璃体浑浊
而又觉得事态有点严重
有点不放心
就去省眼科医院检查
一位姓高的女大夫看了说
是玻璃体后脱离

只是脱了一点儿，如果全脱了
就什么也看不见了
不用，不用手术
如果发现它扩大抑或发黑
赶紧来再检查，或
就手术
她非常优雅而疲惫
病人太多

玻璃体后脱离
我从没有听说过
但是我时时在观察
它扩大了吗
它变黑了吗

两年以来
并且从此 N 年以后
我基本不看书了
不写毛笔字了
不多看电视了
也不多看手机了

我怕左眼失明
不是怕失去光明
没那么文绉绉
只是怕生活不方便

这个方便仿佛更重要

微信有老朋友问
怎么老潜水
说什么呢
我不言语

五十知天命
五十岁就在眼前

2017 年 1 月 9 日

秋 雨

在这个深沉的夜里
雨赶脚来到这座城市
不怕秋凉了
不怕滑倒

人们兀自沉睡
城市浑浑噩噩
清凉并没有激灵或
警醒了所在，街上
有落汤一般的狗在游走
有流浪汉或疯人偶尔的高歌
有车呼啸而过
有湿漉漉的空气在难过

2019 年中秋节凌晨 1 点半

无题 （月亮锈迹斑斑）

月亮锈迹斑斑
洒了一地银色碎屑
秋风酒喝多了
趴在窗玻璃上大吆小叫
梦里的花开了
献给爱情的是白色的菊花
伯牙又弹起了琴
不是高山流水　是小苹果
大学同学毕业留言簿写道
最后一次　没有规则了

2014 年 9 月 17 日

一本诗集与奔五

一本诗集斜倚在床头柜上
没有等到我指尖的光顾
却积累了一层薄如蝉翼的灰尘

诗人的思绪也许曾经憋得腹痛
诗集里的文字响作一团
像贝多芬的交响乐一样深刻

我如何会无心去听
我就要来临的知天命之年
梦里还有花儿别扭着生涩着鲜美着盛开

2015 年 3 月 15 日

测　试

朋友说
下面的题你做个单选

世界病了
你疯了

我说
我傻了

2017 年 3 月 10 日

关于我的诗

看报刊上的诗
看网络上的诗
感觉人家都花儿一样
玫瑰蓝色妖姬什么的

我看看自己的诗
有时候真怀疑这是诗吗
就算是
也是林间的野草或
田间的高粱玉米

老鬼说他的《血色黄昏》
不论风吹雨打
日晒雨淋
也不论世人如何评说
这块沾着泥污的石头将
静静地躺在祖国的大地上

我的诗不是诗
是林间野草或田间玉米
是石头　也要静静地

躺在祖国的大地上
速朽

2017 年 2 月 26 日

人 生

睁开着眼
满是迷茫

闭上眼睛
心下难得清净

睁眼与闭眼之间
是漫长又短暂的人生

2014 年 12 月 4 日

无题 （少年时候的一个梦）

少年时候的一个梦
像子弹一样嵌在我心
那就是多年不见的你

多年来
悲伤地欣喜着
欣喜地悲伤着

2014 年 9 月 24 日

一本书

一本书
我读得有些犯困
就把它盖在脸上假寐
书里的文字却哗啦作响
全都掉在我脸上
渗入皮肉

我愈加昏昏欲睡
身体干枯起来

2014 年 10 月 18 日

蝉

鸣唱的弧度
高亢而单调
从一棵老柳树的深处
响鞭一样甩出
知了　知了

旋律与阳光撞了个满怀
一片透彻的碎片
热冰一样散落
天空
更加湛蓝明亮热忱

老柳树站在村西的半山坡
守望着夏天的孤独
一村的
一溪的
一山的
静

2014 年 7 月 20 日

人生意义

过程
安心

2014 年 11 月 28 日

无题 (广场上放飞的鸽子)

广场上放飞的鸽子
在天际散去
天很蓝　很辽阔
停着几团白云
秋风爽朗
在午间的阳光下
暂且忘却了凉意
一根香烟
在我的手指间燃尽
我的肺过滤的
不只是尼古丁
看着放飞鸽子的那群人
我觉得他们的想法
一如我肺过滤过的香烟
了无意义
了无意义吗
意义是个什么东西

一个婴孩明亮的眸子里
鸽群呼啦啦飞翔而来

2014 年 10 月 4 日

一本正经

……

甲：我们做饭的锅也有脐儿，怎么不响？

乙：它是铁的，不响。

甲：庙里的钟也是铁的，怎么响？

乙：它不是挂着哪，钟悬则鸣。

甲：我家秤砣挂那儿了，咋没响过？

……

——相声《蛤蟆鼓》

听到过一段相声
教会了我一本正经

我把上衣的纽扣故意扣错位
在同学老师和家人面前
甚至在父亲的同事面前
走过
他们看见我无不哈哈大笑
而且纠正我
我装作浑然不知
一面纠正
一面一脸不苟言笑问
有什么好笑的

那么一本正经

那是我十一二岁的时光
一本正经的幽默使我很有点成就感

现在的一本正经煞有介事了
人却像那个秤锤一样沉闷沉重沉默

2017 年 3 月 4 日

尘 嚣

城市就像一个纸盒子
漂浮在水皮
轻轻晃荡
有点湿淋变形

城市是在
自己的声音里漂着
各色人等
各种活动
各种车辆
各种材质
高低　强弱　远近
无数个体的小的声音
混成了城市的声音
低沉有重量
如海啸
如无比巨大的泥石流
磅礴雄浑无可阻挡
昼夜不息　却又
像电影里游丝一般的
背景音乐若有若无

在某个具体声音下的人
往往注意不到它
感觉不到它

我来到城市多少年
城市就这样晃荡了多少年
我也这样晃荡了多少年

2014 年 8 月 23 日写，28 日改

无题（在蜿蜒的山道）

在蜿蜒的山道
冬天的风侧身与我
擦肩而过
我吸的烟
呛了它一下
深远的蓝色天空空洞
并没有因此温暖一点
淡淡的烟草味道
一直的焦虑

2014 年 10 月 12 日

一次别离

我骑着二手的自行车
载父亲去汽车站
赶去乡宁的班车
他提着一个黑色的小干部提包
出差绕道来我生活的小城
看我
他上了车
找靠窗的座位坐下
点了一支劣质烟
对我挥挥手说
回去吧　回去吧
我答应着　一转脸
不由得眼里就热鼻子就酸
不知道他是不是也
眼里就热鼻子就酸
破自行车没有出息地
丁零当啷响个不停

我开着车
去高铁站送儿子
他要去南京上学
一个假期里

他就是打工
然后和同学出去吃饭
打台球什么的
昨晚突然变得有些黏人
不让我和他妈按点儿睡
那就一起说话吧
说的却有点不着边际
他排队　检票　进站
在月台拖着嫩草绿色的大行李箱
回望了挥挥手
就看不见了
月台上人头攒动
突然我眼里就热鼻子就酸
不知道他是不是也
眼里就热鼻子就酸
进站口依然人声嘈杂
安检设备的传输带不停地转

2014 年 7 月 17 日

城里的一声狗叫

夜晚
城里的一声狗叫
香肠便盛开了花朵
被惊醒的星星
睡眼惺忪地张望
想不明白那
肥嘟嘟的心情

2014 年 8 月 18 日

广　场

初夏的风列队走过
累了就各自四处闲逛

一只鸟儿衔着草叶
在小树上东张西望着歇脚

老农穿过小径
估摸绿地播种麦子的收成

学前小孩溜着旱冰
踉踉跄跄

条椅上的城市男人
表情木然　感觉是放风

隐约传来的音乐
怀恋着琴键

太阳不说话
抚摸着灯盏的脑袋

2015 年 1 月 10 日

闰七月的孩子

闰月是时光的多余
闰月出生的人是世界的多余

一九六八年的闰七月
多余的我来到这个世界

母亲四十二岁逝去
是不是多余的我把她挤走了

是不是我是多余的
就得百日咳就始终骨瘦如柴

就沉默寡言
却心里什么都明白

就多数时候　喜欢看着云
一个人默默怀想

就敏感恻隐　为一只蚂蚁的受伤
为一片树叶的凋零

就饮下一杯酒能化作泪水

吸进一支烟能化作一段情思

就爱真知
从不和虚伪妥协

就真诚坦荡为人做事
不蝇营狗苟　　不戚戚心怀

就美好了世界哪怕一点点
内心却如鱼饮水

如果有一天这多余的离去　会不会
让这世界感到缺了点什么

2014 年 7 月 4 日

无题 （在这世界上所有夜晚的马里亚纳）

在这世界上所有夜晚的马里亚纳
我沉默太久的喉咙要喊出太阳的金光
可是一张开嘴
喉管就被夜色浸灌呛噎
没有眼泪
失望并不能将我深深湮没
我还能看见每一个星星的光亮
哪怕最暗弱的最稀薄的

2014 年 10 月 27 日

像一棵树

一个人的站立
会更清醒地审视自己
明白自己的高度

一个人的站立
风霜雪雨来的时候
会是从四面摧之

一个人的站立
只为了独立两个字

独立的
是孤独的　倔强的

他们三五成群
他们在道路边士兵一样列队
他们簇拥着成为森林

不能和他们一样
即使只是最普通的小叶杨树
即使站在贫瘠的荒地

一个人的一种坚守

只为了自己就是自己

2014 年 9 月 24 日

归　途

蓝紫色的马蔺花
沿着村路
迎接到了远处
一年又一年　蓝紫色
忧郁的固执的盼望
只为听到你的足音
不管你容颜已老
不管你行囊空空
只要是你的足音
一如你离开时的轻重

2014 年 8 月 7 日

山　路

路是跳荡的
从山谷跳上山梁
从山这边跳到山那边
从过去到现在或以至未来

是一条丝带
细长柔韧轻盈
把大山的身板缠绵出婀娜
把大山的沉静点染得活泼

是一曲悠远严峻的牧歌
低沉似深涧的细水
嘹亮能把太阳点红
把山里人的眼泪喊出

昨夜的风吹入沉睡的城市
有点山里汉子的生硬
自由不羁兴冲冲而来
把山路舞动在我久违的梦里

　　2014 年 6 月 12 日晚—13 日凌晨 2 点，
巴西世界杯开幕时刻

一 晒

二十几岁学写小说
三四十岁学写散文
年届五十无师自通写诗歌

皆一事无成
而乐此不疲

同事小董说
师傅这是逆生长
越来越直爽哎

这小子
是不是想说我棒槌呢

2017 年 3 月 15 日

出　路

——读《我是农民》兼致贾平凹

一条漏网之鱼

却没有漏网的惊喜

那一潭死水

浑浊的光

腥的气息

已经给它永远的心悸

那是一个连梦都

不能开始的地方

除了命中注定

奇迹没有理由出现

　　　　　　2014 年 8 月 15 日

黑

黑发如瀑
黑裙曳地
你的肤色
稍微的焦渴褐黑

在你的黑色里
整个阳光明媚的夏天
所有的颜色都被淹没
你是唯一的亮
照透我的肉身和心灵
呼吸停止

2016 年 10 月 15 日

生活·2014

一块抹布在桌角
保持随手扔出的形状

西红柿蒂在废塑料袋里
干涩发黑伤心

书柜和书从
过去的时光里走来风尘仆仆

古青铜器赝品站在
高脚博古架上眉飞色舞

挂钟在墙面气喘吁吁赶脚
失足在了时代之外

手机躺在茶几上面
假寐　总是提心吊胆

快递师傅脑门火把一样
拿出圆珠笔叫你签字

汽车该加油了

大街上的红绿灯越来越多

梦掉在黑色棉花团里
无能为力暗自叹息

枯燥乏味的阅读过后
务必继续反复朗读

2014 年 9 月 16 日

无题（少年之时）

少年之时
很是蔑视小孩子喜欢的
动画片和儿童歌曲
觉得好幼稚好浅薄
只一味地喜欢现实主义
喜欢悲剧
像电影《知音》
像小说《人生》
喜欢像鲁迅先生所说的
敢于直面惨淡的人生
仿佛自己经历过了波澜壮阔
仿佛自己锥子一样深刻

而今
看电视
就看看动画片《猫和老鼠》
看看《小蝌蚪找妈妈》
听音乐
就听听舒伯特的《小夜曲》
听听儿童歌曲《虫儿飞》
不怕天黑
只怕心碎

不管累不累
也不管东南西北
我仿佛看见听见的
是自己四十六年的生命
也只道天凉好个秋

2014 年 11 月 4 日

传　说

史前陶罐的绳纹
斜斜的走向
慢腾腾的
文明最初的喘息
一越数千年

有人下午发来短信
说次日凌晨
两点三十二分
城市的脚下将确定
发生地震

女孩清纯的笑
浮现在商场外的大屏里
配着广告的画外音
幸好她没有出声
否则一切都会破碎

大洋上
风自由地吹着
此岸望见的
只是树的搔首弄姿

看不见风的旗帜

我找了个雕塑匠
给自己捏了一尊塑像
烧制成陶
绳纹浮现在梦境
拙朴得实在不合时宜

2014 年 11 月 10 日

无题 （城市夜的灯火）

城市夜的灯火
灯红酒绿
明灭闪烁
只能使夜显得更加黑暗
轻浮和暧昧
闭眼
唯一的意义就是
在眼皮里面的黑暗里
也许能够有心的光亮
那意志的光芒

2014 年 11 月 4 日

一种永恒

想见的
只有在梦里能够见到的

2014 年 7 月 1 日

失眠二首

其一

夜航的萤火虫
被人们捉住
囚在透明的玻璃瓶里
绿莹莹的光被劫持
持续地亮着
夜的黑色骤然黏稠起来
糊着它的翅膀
夜的静寂变得无比恐怖
叫它的光亮明灭不定
夜的歌声成为最锐利的匕首
刺进它瘦骨嶙峋的胸膛

原来光明也有罪恶
死亡也能够
那么迷人
那么美好灿烂

其二

星星看见

万家灯火的明暗里
有一双
星星一样的眼

2014 年 9 月 11 日

无题 （久违的春的歌声）

久违的春的歌声
被谁揉倒在了半路上
挣扎的黎明
在暗夜无声地呻吟
总会站起来的
那被揉倒的和挣扎的
曙光总是要
击破夜的黑而坚硬的禁锢

　　　　　　　2014 年 11 月 5 日

饮　酒

人间结庐无处
千年流转去
我竟依然
不如渊明先生
包括酒量

酒便宜而不假
朋友真有三二
遁入山林一晌
饮下白酒四斤
醉里且贪欢笑
高呼长啸低吟
松林亦有所感
吹来习习凉风

2017 年 3 月 16 日

花

——写在母校汾城中学九十华诞

　　几年前，我曾将自己19岁以前少年青年时在乡宁、襄汾的生活写成系列文章。今母校汾城中学九十华诞，想写点东西，发现关于汾城、关于汾城中学、关于那里相熟的老师和同学都已经写过。汾城中学正式创立于1925年，文脉沿袭千载。其前身系始建于康熙五十六年（1717年）的龙门书院，龙门书院前身直追至建于明嘉靖十四年（1535年）的讲道河汾堂，讲道河汾堂的原址为文中子祠。文中子者，王通也，大儒，隋末唐初的大思想家、教育家，作《王氏六经》。汾城中学虽然地处农村，但学风一如这片土地一样纯朴淳厚扎实，是山西省农村高中的一面旗帜，学子满天下，桃李自芬芳。同学乔呆呆，省城媒体大咖，致电讲母校华诞征文事，说我以前写的就不错。我想，还是再写点。我想写。

我说的花
不是花儿

不是芬芳美丽的花儿
我说的花是棉花
我们那里把棉花叫作花

我们那里叫汾城
太平①是她原来的名字
银太平
是歌谣夸我们那里的土地
广泛种植的棉花好
像银子一样白亮

汾城中学九十华诞
我怎么就突然想到花
这晋南汾河谷地广泛种植的
整个生长季都得无比辛苦
侍弄的经济作物
叫我想得眼里饱含泪水

没有傲娇逼人的盛开
没有艳丽妖冶的表演
没有香气袭人的迷醉
没有残红退却的忧伤

只有雪柔
只有温暖
只有淳朴

只有踏实

有如这方水土
有如这侍弄花的人

我们就是汾城中学的花
一朵一朵
开在神州海外
开在故乡厚土

像天上的片儿云
努力地给世界些许亮丽
像件小棉袄
努力地给人间一点温暖

注：①晋南有歌谣曰：金襄陵，银太
平，数了曲沃数翼城。

2016 年 11 月 29 日

诗人的话

诗是冥冥之中
上天寄予世界与人类的灵光
是走过四季每一片叶子上
跳动的阳光
是晶亮的繁星和
母亲哼着的歌谣
为夜行者做向导
为婴孩驱走恐惧
歌唱生命的力道
自由和美好

诗不是我的灵感
我只不过是上天眷顾
记录传达他的旨意的
幸运儿

2014 年 7 月 28 日

无题 (我的小舅是一个老实巴交固执的农民)

我的小舅是一个老实巴交固执的农民

日子过得像他家用的有豁口和裂缝的粗瓷碗

从前他总喜欢笑话城里头的学生娃娃

分不清楚地里生长的韭菜和麦苗

不知道玉米粒是从芯上剥下的

我那时听了就觉得真的挺幽默就呵呵笑个不停

生而为人五谷不分的确是件荒诞的事情

后来我上初中学习了社会发展简史课程

就想小舅说的问题其实并不是个问题

社会分工了而且越来越细

就好比我不能要求他知道电焊条是用什么做的

怎么做的一样

再后来听人说没有局限就没有历史

而我又想人生时时处处的局限又是多么可怕

上天大约只能悲悯地看向无可奈何的人

就像人蹲下看着忙碌的蚂蚁

蚂蚁正奋力搬动一粒儿馍馍花过一个

雨水流淌在大地上留下的浅浅的痕

2014 年 11 月 5 日

与狗言

友人居市郊，独院。为安全计，豢养
一狗。狗体健型巨，森森然有威严与凶狠
之气，拘院东南角一铁笼内。

初

我还在墙外道上
你便吠上了
我走进院
你吠得更凶
是看我像坏人呢
还是向主人表现邀功
回头想得到
一根肉多点的骨头
我瞅你两眼
也挺英俊的嘛
你我人狗两界
我不理你

次

相互已半熟

我至

你还要狂吠

从进大门

到进屋门

每每如此

我心不悦

遂于一日搬把椅子

坐于院中与你对视

你吠我

我问你累吗

彼此也听不懂

那我也不说人话了

就陪你吠吧

你汪汪汪汪

我汪

你吠许多声

我吠一声

我就使心眼了

你一旦停下

我便吠一声

我的一声

总是可以换来你许多声

反正我不累

我汪

你汪汪汪汪

后来　后来的后来

如此多少番下来
呵呵　你怎么不汪了
你挺没劲儿的

再

我来了
大声吆喝你
对你招手
别说吠我了
趴地面养神的你
头都懒得抬一下呢
眼皮的抬起都以
最小的幅度
唉　看看你
看看我
我觉得咱们俩
都挺没意思

2014 年 8 月 23 日写，28 日改

春天的歌谣

最后一条雪线还没有消融
那是冬天告别时最后的致意

大山哪一处会有最初的花开呢
我支棱着耳朵日夜谛听

风依然凌厉
女汉子一样假装粗糙

麻雀在院子里叽叽喳喳
每一只都像安装了弹跳器蹦跳不止

我没出息地喜欢着麻雀
这命贱的土褐色的鸟儿

2015 年 2 月 1 日

回忆二首

其一

儿女情长
心雄万古

聚集成生命的抟土
渐次风化脱落

时间就像海绵
吸尽了水也不动声色

却只怕回忆的轻轻一攥
往事逆流成河

其二

在时间的方向里
我们的生命
是这样的无能为力
幸好
我们有回忆
回忆是舟

能载我们逆时光河流而上
回忆是剑
能把时光裁剪拼接
那温暖的
那真挚的
比时间永远

2014 年 12 月 5 日
2014 年 12 月 28 日

雨

下雨了
在这灯光
扯乱了的
城市的
夜

我喜欢闭眼听着雨声入睡
不，是枕在
雨的臂弯
有你的轻抚
有你的呢喃

我不是怕这夜的黑
也不是恐惧孤独
我只是想闻见你的气息
听见你的心跳
叩问我

2019 年 9 月 11 日

无题（我突然会写诗了）

我突然会写诗了
心下自喜
想到陶渊明
想到李白
想到苏东坡

自喜之后
却发现这是一种坠落
往深渊的坠落
那颗心追逐名利
就像小学尉老师说的
豆腐掉到灰堆里
吹打不净

我把诗写死了

2017 年 6 月 28 日

月

夜累了
自己躺在自己的怀里
一颗流星滑落
是他没有忍住的眼泪
路过的月亮
把他揽入怀抱
轻轻地摇动
哼着贝多芬的《月光曲》
他眼眨巴眨巴着
在皎白的月色里入眠

2014 年 7 月 22 日

大街上

大街上
张蔷的歌儿唱道
年轻时代
追求纯洁爱情
喜悦向往

大街上
漂亮的女孩
咋没有一个
是我的同班同学
咋都跟我高考时的
英语单词一样
不认识呢

大街上
崔健的歌儿唱道
每次走过你身旁
并没有话要对你讲
我不敢抬头看着你的
哦……脸庞

大街上

那个时候我也要去
大海的方向
脸上装着曾经沧海的模样
欲说还休
像现在一样

2014 年 7 月 22 日

间 谍

把夜色裁剪了一块披在身上
一切勾当都见不得人
无论为了正义还是邪恶
无论坚守信念抑或出卖灵魂
却也有英雄
憨豆先生的特工表现
纯属娱乐或意外

2014 年 8 月 6 日

无题 （秋的山）

秋的山
山的色
无数层次的
红色黄色
看得暖暖的

置身其中
空气是凉的
凉得像是
清冽的水
一道子
划入心底

2014 年 11 月 6 日

再 见

一

再见
再次相见
依依不舍
走出了彼此视野
走不出彼此心房
想眨眼之间
就又见到彼此
再次相见

二

再见
再不相见
从心里摘下并
清理了彼此　只为
再见的不是彼此
即使相见
也视而不见
再不相见

三

再见
再难相见
即使上穷碧落
下黄泉
只有在梦里相见的
所谓的永远
再难相见

2014 年 9 月 3 日

单相思

心里的你住在月亮上
月亮的光照在我身上
你笑我也笑
你走我也走
没有言语
没有热度
也醉美
也怅惘

2014 年 8 月 13 日

逝

嫩嫩的树叶茁壮成长

咯吱着风的腋窝

鸽哨划过天空

工作是如此正经重要

剃须刀的锋刃变得有些钝涩

下颌鲜红的血细线一样

梅西披着 10 号球衣左奔右突

老马拉多纳无奈地惊鸿回望

钟表的指针枯树枝一样

虬曲生锈

时间躲在暗处

吃吃发笑

　　2014 年 7 月 14 日德国队夺得第 20 届
世界杯冠军之际

无题 （只有星星的晚上）

只有星星的晚上
星光照亮不了暗夜
却指引着北的方向
黑暗里的清醒
能最早迎接到来的黎明

2014 年 11 月 15 日

早7点

阳光腼腆微笑
花儿感觉不适

一杯热豆浆将穿行肠胃
而我已在世界穿行多时

钟表的指针犹疑
脚步空寂

太阳每天都是新的
是时间在施展骗术

一串干咳
注脚岁月的苍老

意义被偷走了
盗窃者不是普罗米修斯

有人说花儿是永恒的
声音在哪里呢

2015 年 1 月 13 日

等 待

我给自己的心
写了失物招领启事
贴在春天的每一个花蕾上
等你

2014 年 12 月 27 日

角　落

这里
不只是有安静
还有孤独和寂然
像待在自己心里的
安宁

2014 年 8 月 24 日

水

我一直喜欢水
静得像镜子的水
轻盈流淌的水
波涛汹涌的水
还有雨水和
它洇湿了的天气

于是水便常常进入
我的梦里

孔子说智者乐水
我却是这个时代的
最愚钝者

2014 年 12 月 28 日

无题（夜沉涵在黑光里）

夜沉涵在黑光里

有谁的一声呼哨
能惊亮所有失眠的眸子

残月弱不禁风
星星却在聚集

沉重
不是放纵的理由

呼哨的弧度与阳光碰撞
天就亮了

2014 年 11 月 14 日

知天命

整个世界都开始松动
像每一年的春天大地酥软
却不是生机勃勃
更像是垮掉的一代的小说

故园版筑的黄土院墙风化
与 N 年的青苔
渐次一同归于泥土

生命的败叶
飘落在身体开始的裂缝里
枯黄的情绪蔓延

一切都乱了
乘以慌
收拾不起的无奈
只能无奈地诉说
沧桑或者苍白的岁月
从容只是一个托词

2016 年 11 月 2 日

笛　音

谁在练习吹奏竹笛呢
那生涩的音符
从某个男生宿舍踉踉跄跄走出来
草稿纸一样淋进春天的雨

希望　最初也许都是生涩的

2015 年 1 月 29 日

脚手架上

街边的一座高楼
正在像夏季的植物一样疯长
也像一个战场上受伤的士兵
架着拐杖　绿色的防护网
是脖子或脑袋上缠绕的绷带
几个头戴红色安全帽的民工
在脚手架上做着各种姿势
像是五线谱上的音符
红色圆光的帽子
就是音符那个蝌蚪的头儿
若是文艺范儿这样联想
须得说他们是城市蒸蒸日上的
交响曲骄傲的合奏者

我知道他们都是农村来的
可没有那酸文的感觉
他们希望的只是多挣点钱
供孩子上学　给父母医病
帮妻子换个时尚的手机
这个那个的　都是花钱的地方
我也是农村来的　没大气力
当年就是为了不种地不打短工

才好好学习　上大学混进城

人模狗样

我觉得他们像是

几只来自乡间卑微的麻雀

站在几根高压线上

错落有致摇头晃脑

他们发出的只是干活用力的吭哧声

抑或咳嗽　抑或喘息

2014 年 8 月 7 日

思　念

天边
一片深颜色的云
在一阵风中
转过脸去
面前却是更漫无边际的
空虚

2014 年 7 月 31 日

致曹操

涂抹一张惨白的脸

勾着些黑的点点道道

冠一顶乌纱帽翅开张

袭一身蟒袍阔大肩膀垫得又阔又高

实在是有些声势虚张

大奸巨猾满腹坏水

负天下人倒汉自立

而且很娱乐

据说是历史上跑得最快的人

因为说曹操曹操到

这是你吗

当政权腐败得像一捆捂在塑料袋里

烂得流水的菠菜

当社会黑暗得连自由呼吸

也许都必须购买

当经济发展成人们做彼此的干粮

当人的生命被当作草芥

这一刻出去不知道下一刻

能不能把脑袋扛回来

谁会不去揭竿而起铤而走险

反正已经一无所有了还怕失去什么

你就是其中的一个
但你不是蝇营狗苟的那一个
不是今朝有酒今朝醉的那一个
我不知道你是否有自私的心
但是我读过你恩德广及草木昆虫的诗句
我不知道你是不是太监养子的儿子
但是我知道英雄不问出处
我不知道你有没有真的才情
但我知道你的运筹帷幄和建安风骨诗文

义讨董卓的激愤
官渡之战的轻勇
北征乌桓的决绝
逐马破韩的得意
纵横捭阖
决胜千里
挫灭割据群雄
统一中国北方
谋稻粱
序社会
悯民生

也不免多有尴尬狼狈时刻
赤壁火烧
败走华容

放弃汉中

无奈鸡肋

割发代首

蒋干盗书

其实都不必在意

吃一堑长一智就好

谁的人生没有几出情景喜剧

一张一弛文武道

《蒿里行》

《度关山》

《观沧海》

《龟虽寿》

悲悯百姓深重苦难

抒发经天纬地抱负

慷慨伟健写心言志

无意间做了改造文章祖师

立得功名慰得平生

身后却骂名滚滚

因为假模假样的正统道学

人们尊刘而不言刘汉后来的无道黑暗

因为你在政治斗争中的冷酷无情

人们喜欢暧昧的温情脉脉却不言你死我活

大英雄就不用去在乎

担当生前事

何计身后评

那个白色的大花脸你就让他唱吧
那部《三国演义》已经流传就让它继续流传吧
整部的中国历史就数你们那会儿热闹
而今你也是戏说和做电子游戏的好素材
不少人为你而发了财
不要管那么多
你听听毛泽东魏武挥鞭的诗句
听听鲁迅曹操至少是一个英雄的说法
翻个身在历史的深处安睡吧

2014 年 1 月 3—4 日

谛 听

在喧嚣里
谛听

听见的是
沉默

还有
人们顾左右而言他

啊哈
天气不错

2014 年 11 月 26 日

九 月

钢琴曲浮现蓝色
怀恋像黑洞一样
向内心忧郁地坍缩

叶子的青绿
不施粉黛
对什么都没有心思

细雨编织惆怅
淋湿诗人的诗作
指尖却依然青烟袅袅

目光雕琢的碑刻
被风吹落了文字
泪水并没有干

指尖点击手机
声音总感觉暧昧
模糊的记忆被穿透

一个梦的结尾还没写好

另一个梦却已经开始
过场是一枚刚刚煮熟的鸡蛋

仿佛一切在握
过程作为目的
已经被忽略

2014 年 9 月 19 日

四十七岁生日

开车
去童年生活的山里
吕梁大山
携三二挚友
在小镇小小酒馆
点几盘荤素
共饮廉价的白酒啤酒
末了
皆面赤颈粗
再各填一钵碗
羊肉胡萝卜的
漂一层红油芫荽的
乡宁饸饹面
有人说看你喝得脸红得
关公一样
陡然心中一热
可不是吗
若上戏台自己已经是
挂了长黑须的老生了
做人几十年
还自觉红脸忠臣的做派
小荣辱小甘苦

如鱼饮水

却是不会更改

2014 年 7 月 5 日

致凡·高

那一声呼的枪响
不知道是清脆还是沉闷
血流出来的时候
上天的画笔蘸着也不能涂画比你的画作
更色彩强烈更震撼人心的笔触
而你的画作竟是那样的贫贱
贫贱到你一生只卖出一幅
（还是弟弟提奥为了安慰你自己悄悄买的）
几个法郎呢
够你买几管颜料
几张画布

但一切都随着枪声结束了
三十七岁的生命之花盛开到极致
就足够了
七千万美元的画作价格
和你没有丝毫关系
和真正的艺术也没有关系
那只是利益追逐者的盛宴
是你艺术才情的续貂狗尾

星夜里

星星鬼黠着眼眸跳动着
夜空弥漫着神秘的气色
高大的白杨树战栗却悠然地
矗立在空阔的空间
村庄在山谷的静谧里酣然入睡
自得却透着隐隐的不安
尖顶的教堂履行着神庇佑的神圣职责
却那样孤零零的　力不从心
这是一场激流旋转的狂潮
裹挟着生命某种升华的况味
理性几乎顷刻崩溃

向日葵　.
明天也许就会凋谢
也许一周之后
却不能减弱那生命的证明
存在的欲望
怒放的张力
与照亮时空的绚丽
即使在刹那也会实现永恒
即使再渺小也会
把花开的声音远播宇宙最深处

一群乌鸦飞临
黑色弥漫蓝色的天空
黑色的阴影笼罩金黄的麦田

那是死寂的色彩与狂欢
是你一个人的命运
人类的命运
甚或宇宙的命运吗
是宇宙膨胀向奇点坍缩的不可避免的吗
血液的温热
能否挽救下一次轮回
点燃生命
点化生机蓬勃　永远

如果痛快
如果可以减轻病痛的折磨
就把另一只耳朵也割掉吧
即使面孔再扭曲一些
即使眼神再恐怖一些
即使手势颤抖得更厉害
即使绷带的血腥更浓烈
然后再作一幅自画像
那不是你的癫狂
那是世界把自己的癫狂传染给了你
被选作人类痛苦的标本
不幸
抑或幸甚

与生俱来的孤独
并不意味着不渴望爱情与理解

而你的爱情却在你不明白人情世故

不善与人交往的笨拙里依次夭亡

尤金尼亚依偎在

别一个瘦高男人怀里热吻

凯表姐在你的表白里愤然决然离开

妓女克里斯蒂娜的真挚的爱

轰然坍塌在不可及的

一百五十法郎收入目标面前

幸好有提奥　只有提奥

你这个站在人性与亲情一边的弟弟

深爱着你　崇敬着你

信任着你　支持着你

在拉瓦尔街小小公寓

提奥委婉批评你做模仿别人的软包蛋

在博里纳日画粗粝苦难黑乎乎的矿工

贫病里提奥要用能找到的最好食物把你填饱

无论是在巴黎在阿尔在圣雷米还是在奥维尔

都是提奥　提奥　提奥

你的痛苦只有他能理解去理解

你的生活和绘画只有他去支撑

没有提奥　真的

也许你什么也不是

而今

你的故事在地球的每一个角落流传

你的命运叫每个人心恸喟叹

你的情感依然如火热烈

你的作品成为艺术光辉的伟大典范

世界因为你而多彩璀璨

人类因为你而精神升华

在奥维尔锐利的烈日下

麦田里金色跳荡

向日葵恣肆繁茂

你与提奥的长眠在你的画里

2013 年 1 月 2—4 日

点燃一根烟

——听林玉英同名的歌

点燃一根烟
青烟袅袅
升起的是孤独

点燃一根烟
燃烧的是烟
却焚的我心

点燃一根烟
我在燃烧的这头
你在消散的那头

点燃一根烟
是林玉英的歌俗
而有人人不能拒绝的温馨

点燃一根烟
不吸伤心吸了伤肺
该选择谁

距 离

不是长度的概念
是两颗心的热或冷

2014 年 9 月 12 日

岁　末

没有新年就要到来的欣喜
也没有过往时光流逝的一丝慌乱
只有寂然如宇宙
如微风一样滑落心间

静了　一切

2014 年 12 月 15 日

无题（心花开了）

心花开了
诗是暗香

太阳下
我的心生长着一片罂粟
月夜
却兰花盛开

2014 年 12 月 29 日

致　敬

亚瑟·叔本华
弗里德里希·威廉·尼采
还有我们那个
忧天的杞人

现代科学证明
他的忧虑不无道理
我要向他们致敬

悲观主义是一种清醒
是一种直面
也是一种坚持
是把自己逼在角落
铆足劲作最后的出击

2017 年 3 月 5 日

电影院

墙上的电影海报一角卷起
卷起女星的半个头颅
也卷起了冬天的风

一枚烟蒂猥琐在墙角
想打立正
却不能打起精神

夜色揉搓着灯光
颜色再丰富
也只是嘴角冷冷的笑

电影里的声音
闷在放映室里
像一个男人喉咙里的痰

砰的一声枪响清脆
一粒子弹射出它的时代
射在街上一个女郎的心房

2014 年 12 月 8 日

绝对信号

梦像黑白老照片
涂上了油彩

河马张开大嘴
想吸尽整条河流

哑巴说着话
眉飞色舞

我不会说母语了
只记得几个外语单词

泪水蜿蜒淌进嘴角
咸涩皱起眉头

2015 年 1 月 26 日

逃 离

不怕流汗和血
只是怕泪水像松脂
滴落在身上化为琥珀
那禁锢与透亮

逃离
哪怕去自己的想象里
也许
会在绝望中新生

2014 年 10 月 16 日

丁村吟 (二首)

丁村人化石

说小
真小
就
牙齿三枚
顶骨一小片

说大
真大
一出土就承上启下
弥补华夏大地人类发展
不可或缺的一环

这片黄色的土地养育的
一直是黄色皮肤的人
在你面前
西方的人们　只有
哑然

民宅

不是深宅大院
不是草舍茅屋

没有奢华或寒酸
没有盛气凌人或怯生

有精致与讲究
有情思幽幽沁出

是百姓寻常殷实的日子
是平　是和　是福

开大会

他们的声音萦绕着
我的脑袋

我的脑袋
是一块青石

耳朵是冬天的
落叶乔木的
凋零而未跌落的叶

2017 年 2 月 7 日

陶寺遗址

龙盘鼍鼓彩绘木器
城墙古观象台的建筑基底
在时间的消耗下
以陶寺的名称能否
跨越四千年把你
继续挽留

陶寺实实在在只是一个村子
村里的人们和
村外的棉花田与麦地
炊烟袅袅
鸡犬相闻
是生命的律动

在宇宙的大尺度和生命的
生存发展顽力中
除了过程　一切
包括辉煌与沮丧　都显得毫无意义
考古是人类发现自己的过程
是对过程的反省与怀念
陶寺　是一声叹息

2014 年 6 月 28 日

儿时住南雪涧
桥上摇涌涌

侣平忆画

冬 天

北方
瘦山瘦水
挂在枯草一样的
毛笔尖上
水墨结了冰
诗人在一角题写诗
不小心打了一个喷嚏
于是　北风劲吹
尘土飞扬
寒潮袭来
整个北方在笔尖摇曳起来
酒浸透的春天来了
寡言的诗人说

2014 年 9 月 9 日

眺 望

在山梁上
看远处

白云
和白云外的蓝天
金色的太阳

山
山谷山脊
山上绿色的植物
羊肠小道
小道上移动的人影

大吼一声
长的厚朴的声音
也四下里眺望去
远处还有远处

不只是这些
不只是远处
还有时间的背面

是所有的所有
或空空荡荡

2017 年 2 月 25 日

无题 （群星隐去　在黎明）

群星隐去　在黎明
一支废弃的穿糖葫芦的竹签
晕倒在了墙角

2015 年 2 月 8 日

致李清照

半世康逸
半生爱情
绿肥红瘦
消几分闲愁

国亡家残
身单命薄
晚来风急
催五更梦寒

三杯两盏淡酒
长短几阕词句
浇不醉愁绪
写不尽心忧

2014 年 3 月 9 日

冬天的风

你从哪里来
又要到哪里去

没有人能够看见你

你无形
却是最真实的力量
去旷野伫立就能感受你
看树梢和小草的舞蹈
就能想象你

你的冷峻
你的狂放
你的凌厉

今夜你又在窗户上拍打
那是呼唤我吗
我是你的伙伴吗
你要我和你一道去
阅尽世间吗
苦难　温暖

2014 年 12 月 10 日

看乡宁二中十五班的相册

看了一遍，又看一遍……

不是快乐，是欣喜
不是欲哭，是怅然
不是学友，是亲人
不是珍藏，是生长在了心上

听琵琶曲《梅花三弄》

多年后，
即使岁月风干了我
我依然会像五线谱上的音符
挂在琴弦末端
做着梅花的梦

拨动琴弦
震颤滴落我的最后一滴泪水的
——尽管我像咸鱼一样
但是还有泪水至少一滴
那是一个谁

2017 年 1 月 11 日

无题 (我用手指叩自己的脑门)

我用手指叩自己的脑门
天空却嗒嗒响了起来
春天像玻璃的碎片
噼里啪啦清脆地掉下来
黄色花蕊惊恐地张望着
失却了颜色
泪水悄然淌下

2015 年 3 月 2 日

冬　至

街灯摆弄开花的姿态
忘记了北方植物的冬眠
雪松列队不笑

公园里一块石头尖叫
像偏头痛患者病症发作
连声音也很疼

城市建筑的线条
剪纸一样单薄生硬
有点扶不起来

冷峻透明的风四处穿行
没人能看到它的侠客模样
它的剑呢

人们在寒冷里能够感受到
太阳的温暖　它却为自己的
斜睨　不好意思

吃饺子啦

不然耳朵就被冻掉了
孩子们认真地说

2014 年 12 月 23 日

空　白

一期相遇
爱情从终点又回到起点
不离不弃的誓言是空白

一次别离
时光的碎片洒落一地
心是一片凌乱的空白

一场酒醒
夜色和清晨相接
中间的生命成为空白

                 2014 年 6 月 15 日

听舒伯特《小夜曲》

需要一个窗户
打开的
哪怕只是打开一条缝隙

整个城市的窗户
却都紧闭了
在这仲夏夜里
空调机声嗡嗡

我一下子没有了
歌唱的欲望

夜空的窗户亮着
星星鬼黠着眼
我对月儿吟唱心里
无声的歌

2014 年 9 月 13 日

无题（昂扬）

昂扬
锐气
发现
就是青春再懵懂
也够了

2015 年 3 月 29 日

读北岛的诗

把心灵切块
重新拼接
播撒上一粒鸢尾花籽
一片蓝紫色
就开在了梦里

2014 年 12 月 8 日

听 雨

夜半的窗外
寂寂的小街
摸索着张开琴弦
雨在梦中弹奏起来
一片两片树叶飘零叹息
柏油路面辗转反侧
偶尔飘过的伞下的不安
驰过的车的蹑手蹑脚
听觉湿透了
梦变得湿漉漉的

2014 年 7 月 31 日

无题（春天）

春天

雨

汾酒原浆

三二狐朋

或曰铁友

饮无几

赤面晕头

眼有点湿

唉　近知天命之年

饮酒都没有出息了

有一个咋呼的

装呗　衣架一样

你就挺着吧

能多久哎

回头想想

其实好多事情

我们都在挺着

2015 年 4 月 17 日

致去年的一片落叶

初秋的黄昏时分
在大街上走
有东西砸后脑勺
回头看
是一片法国梧桐的叶子
黯然凋落
它还很完好丰满舒展
只是颜色黄了

我捡起它带回家
欣赏着秋意
对它微笑拍手做鬼脸
后来用手机拍照
作为微信的头像
有朋友赞美它的
如春静姝

后来它不知所踪
是妻子随手丢弃了
还是我很快忘却了
只是在这个秋天
即将来临的时候

看见早黄的别的叶子
我才又记起它
于是我写所谓的诗
是赞美秋色
更是对曾经美好的纪念

2014 年 8 月 10 日

读林语堂《苏东坡传》

我有东坡胆心，
惜无旷世之才。
月照古今怅惘，
无语看云客来。

　　注：看云，自指。本人微信昵称"看
云客"。

童年断章

一

风从山坡上跑来
静伏在小学的窗外听课
往日雨脚和阳光做旧的麻纸
突然窸窸窣窣
腿瘸的男老师盯看良久
我在山坡上曾经奔跑
跨越一块大石头
过去之后才发现
石头缝里有大蛇隐伏
风　你刚才看见了吗

二

爸爸是公社的办公室主任
每天很辛苦
写材料经常在罩子灯下开夜车
吸烟把食指中指熏得发黄
嘴里也口气呛人
也有好处　他管
公社买了许多书　包括连环画

但他是个刻板较真的人
坚决不准我要连环画
我就自己悄悄拿呗
竟然陆续搞了五十多本
尽管多是战争题材的
但还是一份珍贵的精神食粮
后来学《孔乙己》
知道偷书不能算偷

三

妈妈和爸爸吵架了
然后许久不说话
我很难受
很尴尬
因为我在爸爸办公桌抽屉里
看见陌生人的来信
居然叫爸爸为爸爸
而且要钱
说他要结婚
我好奇
就告诉妈妈了
后来终于明白
爸爸曾经是离过婚的男人

四

供销社的北京知青建茂

骑自行车去县城

窜到沟里

腰椎摔断了

在医院看病的时候

他的对象哭着鼻子

说我那崭新的凤凰自行车啊

我妈妈说　不心疼人

心疼自行车　咦

五

傍晚的时候哥哥回来

把我叫到院角

从兜里掏出两枚喜鹊蛋

青青的壳儿

蓝色的斑点

哥哥说炒了比鸡蛋还香

我讪讪无语

仿佛闻见了炒鸡蛋的味道

心下又有被无辜戕害的感觉

哥哥并没有炒喜鹊蛋

喜鹊蛋不知所终

却使我许多年不能释怀

六

春天　大山花渐次盛开
这儿一窝　那儿一窝
红的黄的粉的靛的
夏天　草木葳蕤
绿色恣肆汪洋蔓延
天空也是绿色的
秋天　色彩的交响乐奏响
山葡萄熟了　尖子①也熟了
酸甜里的秋风醉了
冬天　把一切都收拾干净
窝上酸菜　打好劈柴
旱烟锅点上　时光与人无关

注：①尖子，乡宁方言称"秋胡颏子"。

七

太阳明晃晃的
鄂河就下山水①了
水里泥沙石头柴火垃圾
也有有用的
木头肥猪小平车
胆大的汉子就忙着打捞
山水把乡宁二中后面的

小杨树卷倒皮捋了
南河的石坝垮了
土被一绺一绺拉走
上面的几间瓦房岌岌可危
在鄂河大桥上逆流而视
人仿佛向上游飞驰
叫喊　晕车了

注：①山水，乡宁方言称"洪水"。

八

蒲剧的家伙敲打震耳欲聋
盗取灵芝的白娘子和护者打斗
县委大礼堂人满为患
姥爷的拐棍时不时在地面戳
急得恨不能上戏台帮白娘子一把
我却嗤笑这打斗的不真实
于是东张西望
盼望戏曲早点结束
后悔来凑热闹
四周有些闷热
我思念起乳白的冰棍了
兜里却没有五分钱

九

姥姥的下县村的小学的钟
大约是一段重型车轱辘上的减震弹簧
敲起来声音脆生生的
瘦小的常蕊方老师
不让不会背书的同学吃饭
又胖又高的王英芝老师教数学
总是慈眉善目对我很亲切
代一年级课的瘦黑的文慧老师
和村里的三三谈恋爱了
高我一级的巧灵喊操和唱歌打拍子时
那么美丽那么骄傲　叫我觉得
暑假太漫长太没劲儿

十

七十岁的姥姥
像一枚干透的核桃
她穿偏襟的上衣直筒的裤子
上衣冬天黑蓝夏天月白
裤子四季皆黑扎红腰带　裤脚终日紧扎
近四十岁时　因为经常腹痛开始吸烟
先是旱烟　后来是纸烟
一吸　就一辈子
却长寿　九十有三

姥姥二十世纪二十年代上过师范
开明宽容睿智温煦
而命运只安排她做农村家庭主妇
她常常坐在窑洞门口的炕前
眼睛幽幽地望
鄂河对面的山　对面的化肥厂青烟
良久　一言不发
或累了躺在炕上休息
一里之外的电动磨面机一磨面
她就能听见隆隆的作业声
那声音　不是空气传来的
是地的震动波
我有几次也好奇地躺在炕上听
一点也听不到
她说　吵的　熬厌的

十一

每天的饭都叫人熬煎
一天两顿　上午窝窝头
下午玉茭面指头粗的面条
姥爷心脏不好　又馋酒
他的小腿也经常莫名地剧痛难耐
姥姥每天下午给他做一碗白面面条
隔三岔五的　仿佛无意间
会多做出一碗半碗

然后说　呀
多啦　小健你吃了吧
我就呼噜呼噜吃得香而珍惜
没有想得多一点点
过年的枣花子馍
姥姥总会悄悄地往高窗上放几个风干
待到三月三的时候吃
又硬又酥　嚼来
麦子的香　酵母的香
淋漓尽致

十二

小学毕业了
学校熬了一锅烩菜
让我们十几个毕业生会餐
菜里面　萝卜白菜粉条
几片肥肉香气四溢
白花花的馒头
老师们和我们一起吃
吃之前她们祝福我们
希望我们以后学习进步
记住下县小学
我们却喜笑颜开
想终于离开这里了
一辈子都不会怀念它

我们渴望眨眼间就长大
长大就不再受束缚了
各种各样的束缚
老师们的话轻风一样飘过耳际
我们都嘴唇吃得油油的
完了用手背揩
明天　像这顿烩菜一样美好

2015 年 1 月 15 日

无题 （暗夜的哭泣）

暗夜的哭泣
只有声音

找不到方向
却从不迷茫

突破黑暗
继续黑暗

一切都是命定
譬如孤独

一切都是烟云
譬如此生

2020 年 10 月 11 日

致沈从文

一种性格

不安于当前事务　却

倾心于现世光色

对一切成例与观念皆十分怀疑

常常为人生远景而凝眸

一份对人生的思索

多见几个新鲜日头

多过几座新鲜的桥

较在这儿病死或无意中为流弹打死

似乎更有意思些

再有一个脸儿白的身材高的

女孩　把生活完全弄乱

出行就成了你唯一的选择

从一个动荡岁月的湘西少年土兵

到青年作家的嬗变

经历了怎样的寒酸饥饿苦闷绝望

你才知道是无意之间在故土

拢了一山逼人的苍翠

捧了一溪清幽的水香

裁了一段淡淡的乡愁

负了一囊悲喜的故事

滋养着自己

那也许明天会回来
也许永远不会回来的人
那微黑面庞少女
已经使多少人陪她一起
盼望了近一个世纪
惆怅了近一个世纪
并且不知道还将有多少世代多少人们
去盼望　去惆怅
那纯真的爱情　醇厚的人情
宁静的生活　朴直的人们
以及那一点忧愁一点快乐
是对现在与过往　生存与死亡
恒久与变动　天意与人为诸种命题的思考
是对命运一种无奈感的唏嘘喟叹

那一刻只有毫无目的地眺望河中暮景
怯生生的往后舱钻去的丈夫
二十五岁却已赏玩过四十名年轻黄花女
勇敢爽直戴水獭皮帽子的朋友
年轻标致彪壮聪明温柔体贴
对妻子百般爱护
另一个国度里的山大王
还有那水上讨生活的剽悍水手
带农家女私奔的兵士和漂泊终生的行脚人

吊脚楼的妓女和开小客店的老板娘……
故事清新背后蕴藏热情
文字朴实背后隐伏悲情
山青青的湘西
水碧碧的湘西
愚昧纯朴剽悍野蛮的湘西
忠诚圣洁情怀浪漫的湘西
是湘西造就了你
还是你把湘西写给了世界

因为对情感美好个人的敏感
你只能做时代的异数
在革命文学大潮中形单影只
被指责下痛苦地放下文学之笔
也是为此你那让人向往感动唏嘘的
文字才能流诸笔端
作品不朽才是对你最好的褒奖
然后你华美地转身
在历史的隧道里
寻觅到了精神的墨汁和红印泥
写下考古史上动人的华章
中国古代服饰研究
天然祥和　别有心解
林林总总　巍巍大气

翠翠　是不是你

神圣美好却永不再现最初的爱情
你是不是就是那个
龙舟中生龙活虎的傩送
没有人能够知道
知道的只是美丽忠诚纯真微黑
只是美丽总是愁人的
或者很快乐却用的是发愁字样
知道的只是包容耐心安静
相守你一生的兆和先生
同你一道讲了一个非常美丽的故事
从年轻时的纯美
到白头时的宽容与理解
爱　是一杯品尝不尽的酒
里面拌的是甜酸苦辣

一个乡下人的灵魂
一颗爱好自由感情丰沛的心
一种特有的不易于形诸笔墨的隐忧
种种境遇　万般人生
热烈的爱　入骨的恨
虽会对失却的美好东西怀念
与无可奈何的惋惜
却始终引人对人生向上的憧憬
你和你的作品
就是从家乡田地里拔出的一株野菜
带着泥土的腥气与芬芳

别的人想学也学不好
不折不从亦慈亦让
星斗其文赤子其人

2013 年 12 月 31 日—2014 年 1 月 1 日

厄 运

不过是在路上
一场不期而遇的急雨
水淋淋
有些凉

闭上眼睛
别过脸去
没有眼泪
只要忍受

人生需要逆袭
我就要开始　结果
哪怕像堂吉诃德
大战一场风车

2011 年 11 月 17 日

老裴

老婆姓裴
我叫她老裴

老婆小我三岁
我还是叫她老裴

老裴
中午吃什么饭呀

老裴
外面好像挺冷穿厚点吧

老裴
不要看电视了清静一会儿

老裴
唱首歌儿吧我喜欢听你唱歌跑调

老裴
老裴

叫她老裴

是生活的质地和坚韧

2018 年 3 月 12 日

痛　苦

没有痛苦　预示着
一枚石头的诞生
没有痛苦的痛苦　幸运着
一颗心的未死

2014 年 9 月 6 日

无题 (在夜晚)

在夜晚
想枕着谁的名字入眠
却只有月光
或月光一样白的
空白

2018 年 10 月 1 日

致史铁生

我只是你的一个普通的读者
是把《我的遥远的清平湾》
与《我与地坛》读过数十遍的读者
我这样的读者应该不少
你这样的作者却是不多
这个深秋
昨夜我又失眠了
不由得又去构想一直想为你写的诗
夜雨却在凌晨不期而至
上天
是为你苦难而伟大的一生在掉眼泪吗
是知道我想写写你
配合我的诗歌奏起的感伤琴曲吗
如同这天地
我的心也湿了

我是精神生活的幸运儿
当我七八岁开始着上人生的精神底色
幸好，我的家随了父亲工作安扎在了
黄土高原那一片
难得的山明水秀的苍莽深处

氤氲我烂漫天然情怀

幸好，新时期文学的爆发

给我激昂给我悲愤

让我热爱自己的民族

让我追寻科学与自由的脚步

真善美的追求是我的理想

理性真纯宽厚成为我的座右铭

你的清平湾

一个破老汉

一群黄牛

一曲信天游

是给我最为震撼的那一个

我看见了一幅黄土高原的风情画

自然雄奇而贫瘠苍凉

生活艰辛而温馨古朴

世事荒诞而生命倔强

正如黄土地生养的另一位作家所说

只要春天不死

生命就不死

上天竟然真的忍心

让你高位截瘫

而且是在不到二十岁最狂野的年龄

即使是天将降大任于斯人

戏也有点太过

艰难的命运

坚忍的意志
从绝望彷徨到从容笃定
正如浴火的凤凰重生
看着你坐在轮椅上的照片
笑容太阳一样灿烂
我知道那是来自你心底的光亮
你双腿残了你一直在用头脑思想
许多健全人却在用腿肚子思考
甚至不思考

你就像一个辛劳的矿工
钻在生命与时代那一条矿脉上
一直挖　一直挖
没有重复
没有徘徊
不断掘进
小瞎子要弹断的第一千根琴弦
好运设计不来最真正的幸福
地坛之于你的宿命缘分
再也看不见的合欢树
等等等等
都是你挖掘的金子
都是你给人们最宝贵的馈赠
汗涔涔的你
无私的你

没有名气的时候
你坐着轮椅
去画彩蛋糊纸盒学写作
也是糊口也是消遣
去荒寂的地坛去弯弯曲曲的胡同
感伤自己的感伤孤独自己的孤独
有名气的时候
你坐着轮椅
没有用钢笔去做种种迎合
没有为衣食为虚名谄笑折腰
心依旧那么谦虚着
人依旧去那古园里默坐呆想
窥看自己的心魂
有人说
你用残缺的身体
说出了最为健全且丰满的思想
体验到的是生命的苦难
表达出的却是存在的明朗和欢乐
睿智的言辞
照亮的反而是我们日益幽暗的内心
我说
真的是这样

                    2013 年 10 月 14—18 日

二十多年

麻辣牛肉牛肚子
一声叫卖
独家的醇香
串起了小城二十多年
几多人家的日子

二十多年
就一辆二八自行车
一个大方木匣
一把油亮的刀子
一顶麦秸秆草帽或
雷锋戴的军用棉帽

二十多年
方头阔脸
浓眉大眼
敦实朴厚
都没有变
只有肤色深了
眼角着实画下几绺深纹

二十多年

在大街
在巷子胡同
在菜市场的口儿
或骑车走
或驻足等
或与人在交易

二十多年
仿佛就是小城的
一张流动的照片
或风俗连环画
背景里
平房变高楼了
汽车由稀疏变稠密了
远望　他还是老样子

二十多年
不知道
每天要煮几锅肉
跑多少公里路程
喊多少遍叫卖声

二十多年
老婆抱怨了吗
孩子考大学还顺利吗
老爹老娘还健在健康吗

夜晚的梦还有并且
美好抑或恐怖吗

2014 年 9 月 24 日

致陶渊明

我跑了这么远
一千六百年的路程
来看你
跑得很累

在来的路上
我就有些后悔
看你，你有什么好看的呢
那八九间草屋
瓢里的生水
酒壶里的残酒
还是你的形容枯槁
淡然倔然

我生长的世纪
旅游
很是时髦
就是看看山看看水
看看寺庙古建民俗
还得购物
但是还没有穿越时间的旅游
没有为看一个糟老头子的出发

把你的瓢给我盛点水喝吧
把你的半壶残酒也给我喝了吧
尽管我在老家尽量不喝酒
我血脂高胆固醇高
血压也高
我跑了那么远的路

真的渴了
让这水
滋润一下我的肉体
让这酒
沐浴一下我的心魂
看在我买了五个不同版本的
陶渊明集的份上
虽然按著作权法你已经不能领取稿酬
看在我也姓陶的份上
一笔
毕竟写不出两个陶字嘛

你南山下种一畦豆苗
还草盛苗稀
怎么够吃呢
除了吃你还得衣住行呢
过日子的用度呢

你当县令不为五斗米折腰
想来也没有什么存款余银
你不为你辞去县令一职后悔吧
文以载道诗以言志
我知道你从不后悔
可是老至更长饥
苦了你了

我们学过一个词
叫以苦为乐
我始终不能通透地理解它的意思
现在，我明白了
纵然丢弃了所有
也换不得你这样的人格
猛志欲逸四海
就何必为一衣一食
恋恋不舍那七品职位
你辞职归隐
失去的是衣食无虞
却砸碎了精神的枷锁

你的想法在现代人看来的确匪夷所思
因为有人宣言
宁愿坐在宝马车里哭
不愿骑着自行车笑
我也许算理解一点你

这却使我很有些尴尬
找关系谋己利时
总是犹犹豫豫羞羞答答
难以成事
又没有你的毅然决然
我只好把你作为一面精神的旗子
藏在心的最底层
偶尔出现在梦里

坐在你五柳树下的石墩子上
没有酒了也没有关系
我们就经常以茶代酒
咱们就把清水倒在碗里
喝吧
要造饮辄尽，期在必醉
我觉得我们还是有些感情的
喝完了
你带我去摘一篮子你的园中蔬
去东篱下采几束菊花
再悠然见一次南山
也许这样我就可以走进
你的桃花源里

你给自己刻好墓碑了吗
刻好了就一起去看看

凭吊一下
没有呢，就去你想埋葬自己的地方
朗读一遍你写的自祭文
不是咒你
是对你最崇敬的致礼

2013 年 5 月 6 日

突然·音乐

其实原来喜欢听流行音乐，
像张蔷，像崔健……

——题记

突然喜欢听笛子了
像李晨先生独奏的《姑苏行》

突然喜欢听古琴了
像管平湖先生的《平沙落雁》

突然喜欢京韵大鼓了
像骆玉笙先生的《文人与酒》

突然喜欢苏州评弹了
像魏含英先生的《珍珠塔》

突然，不是瞬间
而是经年，多年……

突然，像穿糖葫芦的竹签
把岁月穿透穿起

音乐，把生命分装保鲜

作为对自己的灵魂的纪念

2017 年 2 月 28 日

无题（夜幕降临许久）

夜幕降临许久

许久
我也没拉上窗帘

窗外的黑暗虽然黑暗
但是至少有一种
沟壑的纵深感
映射心间

2017 年 1 月 30 日

致斯蒂芬·霍金

如果真有上帝
也许　他就是个
爱玩拼图游戏的家伙
荒诞而残酷
把一个几乎最智慧的头脑
与一副几乎最糟糕的身体
拼成了你

二十一岁
正是人生意气风发的年龄
你却开始窝在轮椅里
只能窝在轮椅里
度过余生
并且只有眼球和三根手指微风一样
无力艰难地运动
并且医生宣读上帝的判决：
你的余生只有不过两年

奇迹却发生了
你的余生已经五十年
漫长　并且还在继续
对于卢伽雷氏症这是奇迹

奇迹却不止于此
你还成为与爱因斯坦
有同样声誉的宇宙学家
上帝真的是始料不及
而这奇迹或上帝的意外
却是人类的福气

你脑海里的宇宙
果壳里的宇宙
红移虫洞时空弯曲
还有霍金辐射
星星们朝四面八方散去
彼此之间的距离越来越远
宇宙的膨胀
如此有力
如此壮阔
如此和美
如此深邃

但是叫人感到
从未有过的
深入骨髓的孤独绝望与
诗意悲凉
人
鲜活而有思想的生命
无法想象奇点的生存

无法体会坠落黑洞的撕碎感

在大自然的伟力面前
人类生命是
那样的无端
那样的渺小
那样的无奈
那样的了无意义
让人不能不重新思索
深深地思索
自身存在的依据

人类　只是
宇宙成长中的一个偶然事件
一如少年长成的一次梦遗
或者必然收获
没有前世
没有下一辈子
只有今生的过程
我们的意义大约就在于过程
在于把过程例行表演得
精彩绝伦　没有遗憾
然后归于寂静

于是　人类
又是这样的伟大　我们有

精妙的智慧

美好的情感

坚强的意志

光辉的精神

宇宙之大

装进我们的头脑却显得微不足道

斯蒂芬·霍金

你已经超越自己

超越时空

笑傲江湖

至宇宙之外

2013 年 12 月 25 日凌晨 1 时草于手机

二 月

风是四维的　还有些冷
羞赧　兴冲冲的

瀑布堆云的冰阵悄然小了下去
山上的草木依然粗糙　浩浩荡荡

山背阴的积雪　在阳光下
体现着中国水墨画最好的笔法

晚钟敲响
钟声的碎片已经抵达黎明的梦

谁家檐下燕子的空巢　温暖着
冬天落下的最后的冷峻

麦田里一垄垄麦苗
阳光弹奏着绿色的音符

男人们脱下虎皮一样的棉袄
公园花枝艳羡着女人的裙裾

松柏一如既往不动声色

大槐树又一次要发新芽

2015 年 2 月 10 日

老 尤

面长　平头
稀疏发黄弯曲的胡子
下巴做一架犁铧
身形单薄瘦削
整个人跟一个
皱巴巴的牛皮纸信封似的
一年四季都穿着邮政制服
绿瓦瓦的标志性的
老尤是邮政局的门卫
总是喜欢咧着嘴笑
好像整个邮政局都在笑着

2014 年 8 月 8 日

中　年

连睡觉都成了
一种人生的摆拍姿势

2016 年 12 月 21 日

二月的颜色

太阳是电烙铁在幕布上烫的一块疤瘌，
黑色的
天空是那块幕布，平绒的，绛色的
云彩飘动，墨绿
大山层峦叠嶂，蓝灰蓝灰
一条河流，水哗啦啦，金色的
树木仿佛萌动了，一列的咖啡色……

人们，没有颜色，也不是透明的
风，春风说自己是绿色的，没有人听见

2020 年 2 月 20 日

完 美

断臂维纳斯的微笑
马蔺花上跳动的金色阳光
北岛诗句炽烈的火焰
梦境里浮现的你的容颜

一滴泪折射的光
世界　无言

2014 年 10 月 3 日

无题（一枚钻石）

一枚钻石
美轮美奂
被叫作永恒时光

N 年后
那个命名钻石的
拥有它的人
生命结束了

那个生命戛然而止的人
自己击碎了永恒

钻石其实是虚无

2016 年 12 月 26 日

两棵小叶杨树

两棵小叶杨树
兄弟一样站在我家老院的西墙边
大的像妈妈的胳膊那么粗
小的像我的胳膊那么粗
有一年夏天的一个傍晚
几个邻居大妈在我家院里乘凉白话
谁突然就留意到了那两棵兄弟一样的树
对妈妈认真地说这两棵树啊
将来大的给你大小子娶媳妇打家具
小的给你二小子娶媳妇打家具
妈妈一本正经地应承了
她们便爆发了是打趣也是憧憬的笑声
在一旁玩的五六岁的我听了
一下子就躲进了暗处　我已经知道
那是叫人害羞却必须的事情

2014 年 8 月 7 日

晚　安

鼾声不小心打破了月亮脆薄的蛋壳
蛋清流入梦里清亮而黏稠

抑郁症自杀了的朋友在酒馆喝多了
拉着女服务生的手不放

一个女郎为什么声色俱厉饮下一大杯
凉橙汁　月色悄无声息褪成一片煞白

远处有水高原一样隆起
碧绿澄澈浩大平静却不会翻滚吞噬而来

舒伯特的《小夜曲》悱恻缠绵
顺着刺槐的枝干滑落在九月夜游的街面

2014 年 9 月 13 日

无题或给苇岸

一颗露水的升华
一片绿叶对雨点的欣喜
一匹蚂蚁的疼痛
一缕光照进梦的明灭
用水笔集合
大地的坚实
生命的律动
演绎五千年方块字的感动

原来
方块字不是只有沉重

2014 年 7 月 9 日

中秋节独酌

花间一壶酒，
独酌无相亲。

——李白

我没有喝多
是高脚的酒杯醉了
它连一口菜都没有夹

让它倒头睡吧
把鞋子脱掉
盖上被子
秋风凉了

2014 年 9 月 18 日

两面镜子或穿透世界的方式

春节之前，我们这里有大扫除的习俗
八岁那年的春节大扫除在小年进行
没有什么特殊的情况
只是我在偶然之间
把暂时放在院子里的两面镜子相对
两面镜子里面都有无数的镜子
无数的镜子整齐排列
有无数个同样的空间
同样的空间洞穿了这个世界真实的空间
真实的空间里便有了射向两面镜子的洞
洞是世界，洞向两面镜子走向无限的远处
我对镜子张望，我的脸也构成了洞
我的后脑勺也构成了洞
我也洞穿了世界，八岁的生命

2020 年 3 月 11 日

王小波的 4 月

花开的世界
美好纷繁

欲望无度扩张
颤抖不已

你悄然离去
追逐着孤独的脚步

盛名望着你的远行的背影
手里的花环无人可送

想戴上那个花环的人很多
可它只是你脑袋的尺寸

你坐在赤身裸体两腿叉开
手放在羞处的雕塑里

你看着他们
一脸调皮

2015 年 4 月 12 日

午 夜

安静的
不安静的
因为夜色而一样
不因为夜色而一样
上升的上升
下沉的下沉

2015 年 1 月 27 日

专 制
——批判封建时代

时代的额头
被一个人高傲地
嵌上了一枚
私人印章

每一个人都
惨叫一声
心上打下那枚
印章的烙印

跪着的
感激涕零
站立的
必须缄口不言

2018 年 3 月 11 日

凌 乱

荒草在心头发芽
冬天的风掠过花白的芦花在飞
人生尴尬的旗子
挽在枯黄的草颈
或呕哑嘲哳的细枣木枝

头颅啵啵地
心脏一样跳动

2016 年 11 月 26 日

记王老师

牙齿焦黄
左手的食指中指间焦黄
是吸食烟卷的结果
四十几年了
还在继续

代的是初中语文
讲的是崖下土话
没有抑扬顿挫
抑或说是激情
或有暗流奔放

中年转做银行职员
无官无职
不算清贫或宽裕
却真的没有沾染铜臭
没有修下媚骨

头发渐次掉些
头顶有点光
却始终眼窝幽深目光如炬
掉一根头发的黑

是写一首诗的墨

印数册诗集
简陋的包装劣质的纸
这辈子收获就这么小
就这么大　烟卷依然在吸
头发还在悄悄地掉吧

他的一首诗把我写哭了
他怀念他的母亲　痛却刀子一样刺在了
我心的最深处
我常常想到他的这首诗
想我三十年前早逝的娘

2016 年 8 月 31 日

吸　烟

他们说
吸烟是不良生活嗜好
我也说
是

我一直不吸烟
在室内
我甚至不能忍受
别人吞吐一口烟

我的父亲吸烟
瘾非常大
双手的食指中指被熏得焦黄
牙齿焦黄
浑身陈烟味道

他吸的都是劣质香烟
农工，邛山什么的
廉价，劲儿大
母亲说你就不能不吸
他半开玩笑说吸烟伤肺
不吸伤心

还是不要叫人伤心

母亲三十年前去世了
父亲十年前去世

眼前，是知天命之年
近几年，我吸上烟了
没瘾，只是
偶尔偶尔地吸一支
总是一个人的时候
入口，不入肺

2017 年 1 月 19 日

自释永远

1986 年冬天母亲去世
1988 年某个女孩转身离去
2000 年一颗老牙钻掉神经死去
2002 年外婆去世
2005 年父亲去世
2015 年眼睛玻璃体后脱离

……都是永远
连同我的一些文字和诗
还有远方

2017 年 2 月 7 日

父亲一位老朋友的话

大学毕业
等待分配的日子
百无聊赖
某天就跟着父亲去某地

竟然遇到了
他多年未曾谋面的旧友
握手饮酒恳谈
那人感叹说
人一辈子能认识几个人
又有几个能成为朋友

是二十三年前的事儿了

而今看看
真的是这样
俗话说
刀在石上磨
人在世上磨
好朋友就是那
磨刀的水

2014 年 12 月 19 日

柳 笛

村里大我两岁的占龙说
扭柳笛要在春天
柳芽萌动
柳叶未长的时候
这个春天
在大街上走
偶然的一眼柳色如纱
叫我想起占龙的话
想起柳笛在唇上涩甜的清新味道
也想起了在远方上大学的儿子
儿子小的时候
我只给他扭过一次柳笛
儿子却说
太难听了

2014 年 3 月 14 日

忘却二首

其一

垂眼
无视
忘却的只是
那些想忘却的
那些年
那些事
如梦

梦忘却的
却只是色彩
那妖冶迷藏的
紫色

其二

忘却
两年了
我用时间的砂纸
想打磨掉刻在心底的
你的名字

它却越来越亮

忘却
真的需要一生的时间

2014 年 8 月 20 日

希　望

赤橙黄绿青蓝紫
　灰

2015 年 1 月 8 日

刚刚好

秋天，一箩烟雨
大街上，"嘭"
两把雨伞相视一笑
你的名字叫小雨
刚刚好

冬天，下雪了
天地一片洁白
你的肌肤冰清玉洁
你的心冰雪聪明
刚刚好

春天，东风吹来
细雨是绿色的
花开了，我悄悄地
喜欢了你
刚刚好

夏天，吃一支冰糕
我不让你吃
让你喝杯红茶
暖暖身子

刚刚好

时光流转
花开了谢了又开
天地，爱，你我
你不在就少了，你在
刚刚好

2019 年 9 月 14 日

为什么世界还需要诗歌

因为在雾霾笼罩的天气里
太阳是照常升起的

因为在灯红酒绿的夜晚
月光依然是清纯的

因为在漠漠的众生中
还有在真诚学习爱的人

因为在乏善可陈的世界
还有倔强不死的灵魂

2017 年 3 月 1 日

戏　剧

笔的刀
或电脑的刀
把人生切片晾干
用太阳或月的光华
投射到舞台
譬如《牡丹亭》
譬如《哈姆雷特》
譬如《等待戈多》
譬如《于无声处》
世世代代的醉者
以长袖善舞，以心
体验，演绎，歌哭
那不死的魂的
醉醒之间

2016 年 8 月 14 日

高山流水

清冽蜿蜒的河水
又一次流过了我心的河床

我看见赫拉克利特
咀嚼着野菜和水

2014 年 10 月 6 日

路过望桥街

望桥街
怎么说呢
啥都有
就是这座城市的缩影
其实，随便一条街
都是

快捷酒店
小酒馆
小日杂店
小超市
大饭店
修锁配钥匙的
修车钣金的
测字起名的
……还有人

各有各的气质

望桥街不同的是
有一个长途汽车站
那天在望桥街上走

又看见一辆
风尘仆仆的
从我们那大山里来的
大块面包一样的班车
看见线路牌上
家乡的名字
我心底里有点热乎乎

它没有表情
兀自向站里拐去

2017 年 3 月 14 日

我的君子兰开花了

橘红色的
静静的
奔放　一枚
开在我的眼眸
还有两个花蕾

一壑深谷
在胸中幽幽纵横
远行

2014 年 12 月 6 日

细　节

月光已经把夜晚冲洗光滑
这也是宇宙运动规律的一个
细节　完全可以忽略
却这么美　自然而然

亲爱的　来吧

2014 年 12 月 16 日

罗丹的《思想者》

一百多年前
老罗丹用青铜雕塑了《思想者》
一百多年后
我在中学历史课本里学到了它
课本印制粗糙
《思想者》的照片很不清楚
但是文字介绍说
作品中的思想者冷静沉郁理性深邃又矛盾着
我可没有看出个所以然
只是为了考试对文字内容狠劲地背
但我还奇怪地联想到了捡破烂的
想到他们收来的破铜烂铁
想罗丹雕塑思想者用的原料
有没有铜的马勺破锣和烟袋锅

2014 年 7 月 27 日

我就不去想

高老师给儿子
在西安买了一套房子
花了一百八十多万，聊天时
他说贷款一百一，准备把
老家的一座小院卖了，再把
现在住的小区楼房卖了
他感叹，也自喜
幸亏孩子不在京城
要不得一千多万哪
我说，幸亏我就不去想
祝贺你当房奴
高老师说
你属鸵鸟

2019 年 9 月 27 日

下县村

山脚下的鄂河水
清亮细语着流过
河滩的石头如斗如豆

几千亩河滩地土质肥实
菜蔬清新吱吱生长
山药白沙绵香

山地没有水浇
荞的麦黍玉米稀疏瘦黄
收获却并不省丝毫气力

石头的土的砖的窑洞和院落
在那一面黄土坡
错落有致散漫无羁

村路蜿蜒
高高低低随意随势必通向外
必通向每一家的酸甜苦辣

男人种庄稼
伺弄河滩地里的几畦菜地

装了干粮挑了茄子或菠菜去县城卖

饭时的女人
喊自己的孩子吃饭
声色细润悠扬起伏缠绵

下县村
三个字写下来就暖暖的
是外婆的温暖

2014 年 7 月 7 日

亲缘　云缘　文缘（跋）

陶健的诗文作品准备出版了，他给我发来了电子版，要我给他题写书名，并且写上一些文字。

看完他的电子版文稿，我感慨万千。我不能不为他写，但又不敢为他写。尽管如此，我还是有许多许多的话要说，如果非要作为跋的话，那也只是跋外之言。

首先，我们有三缘。

第一，亲缘。

陶健，是我亲亲的侄儿，是我大哥的二公子，我们一直叫他"小健"。

我们老家本是河南方城县。小健的爷爷奶奶，都是清朝生人，在河南老家，为山西太平县的一家大庄园主做佣工。民国以后，他们随着庄园主来到山西，在当时的汾城县下尉村给这家老庄主做佣工，奶奶侍候老太太，爷爷侍候少爷。再后来，他们两个苦命的老乡成了亲，成了一家人。

两年后，也就是1933年，他们有了第一个儿子，那就是小健的父亲、我的亲大哥。从此，他们离开了老庄主的家，从下尉村搬到南贾村，正式落户成家，靠着借住房屋和租种土地维持生活。1935年又生下了我这个小健的"亲爸"。在那个兵荒马乱的年月，全家四口人，依然靠着租借房屋租种土地勉强维持生活。

小健的爷爷奶奶都是文盲，大字不识一个，连自己的名字都不会写。甚至奶奶都没有自己的名字，她姓李，只知道自己是陶李氏。还是1947年，汾城解放了，土地改革的时候，登记"房窑证"，她才算起了一个正式的名字叫作李绒。可以说，我们陶家，从河南到山西，从下尉到南贾，仅我记得的就搬过五次家，一直寄人篱下，过着没有饥饱、没有文化、没有尊严的生活。解放了，才有了真正属于自己的土地、耕牛、房屋，成了一家正式的人家。

小健的爷爷奶奶一个大字不识，所以对文化识字有非常痴迷的渴求，一心要让两个孩子到学堂去念书，学会识文断字，不要像他们一样两眼一抹黑。因此，我在7岁的时候，和哥哥也就是陶健的父亲，就都进入了官办的南贾国民小学堂。我们陶家的文化种子，就是这样种出来的。

后来，随着时局的发展，日本投降了，阎锡山回来了，大哥为了逃避阎锡山的抓兵，就到下尉和安子文一块学织布去了。而我在村里边儿，1947年解放、土改，当了土改时候的儿童团，和土改工作队一道斗开地主了。直到1950年，县里成立了南贾完小，我上了完小，而哥哥还在织布。不久，哥哥和安子文商量：这么明朗的天，不如去读书吧！于是他们二人停止了织布的营生，开始复习起功课来了。功夫不负苦心人，在1952年，哥哥和我都考上了中学。我考上了临汾一中，他考上了汾城中学。那时，家里面很穷啊，一下子供不起两个中学生。在无奈的情况下，哥哥凭着牛筋儿硬是上了汾城中学，而我就去了太原，17

岁就参加了工作，吃上了公家的饭。

　　随着年龄的增大，弟兄们各自找了对象，然后是结婚、生子、成家。我也有了孩子，哥哥也有了孩子。陶健，也就是"小健"，就是哥哥的二公子。写到此处大家可能就明白了，这个陶健和我，是一脉相承的陶氏血脉，是血肉不可分离的一个祖宗传下来的亲缘关系。

　　由于血缘叔侄的关系，所以我一直不叫他叫陶健，我只叫他小健，而他也只叫我"亲爸"。

　　哥哥的工作在乡宁，是个老山区，小健虽然生在南贾，却基本长在乡宁的山区。从小喝着鄂河水，吃着山玉米，数着山上的石头，看着山里的云彩，学着山里人的口音，唱着山里人的山歌，一岁岁长大，成了纯纯粹粹的大山里的孩子。

　　后来，他才随母亲又回到我们的老家南贾村，总算是到了平川，摘掉了"山猫"的帽子。当他第一次走出吕梁山口的时候，看着一望无余的开阔天地，一眼看不到边儿的阡陌，一眼看不到头儿也数不清的密集的村庄，眼睛睁大了。原来天外有天哪，大山外面竟然是这样的广阔。

　　再后来，他就在汾城中学念书，最后高考又考上了山西大学省委党校大学班，当了大学生。这真是我们陶门的荣耀，陶家门里，走出了完校生，也终于走出了大学生并且还成了公务员。小健争气，他儿子也青出于蓝，竟然读研究生了。

　　我和小健经常见面。他一有空儿就来看我，一谈就是大半天，言来语去，让外人看来，既不像一条血脉的叔侄，也不像相差近四十岁的老少，简直就是说不来关系的老朋友。这就是我和小健的关系，亲亲的血缘关系。他让我给他的作品写跋，我不能不写，但又写不出什么。我只得绕着他的文章外围，搜索一点题外之闲话来谈一些文外之事，先报一报小健的家门以及我和他的关系，这是一。

第二，云缘。

天上的云，随风摇摆，时高时低，时聚时散，变幻无穷。风有风的自由，云有云的浪漫。我从小对云就非常感兴趣，经常对着天上的云发愣。若干年前，我曾写过一篇关于云的文字：县西是吕梁山的尾巴，县里的人叫它马头山，因为它的形状像马头。马头山的云一出峪口，就下大雨。村里民谣说，小娃家，快回家，马头山的雨来啦。有时候，光过云不下雨，那云簇簇团团高低起伏，千奇变幻万种姿态的流云，滚出山峪，引得人们翘首远观，并不停地指虎点龙，绘出无穷幻境。

云是有性格的，虽然他的性格离不开风的动力，但它自成气候，自有魅力。它凝聚起来，可以遮云蔽日，可以借风行雨；发起怒来，可以制造透明的"炮弹"，没头没脑地砸向人间。

它温柔的时候，可以穿上五彩的花衣裳，借着微风轻柔，给太阳披上一层漂亮的婚纱，在空中摇来摆去，给人们撑起一把五彩的遮阳大伞。

它浪漫的时候，在山间，在海上，自由地飘荡，撩逗着文人墨士的心，把它画在画上，写到诗里，描在文里，显示着自己的清高和虚荣。

云又是神奇的，它是神仙们登天的"高速列车"，登上霞云可以直接进入南天门。它又是天界的"地"，连云霄宝殿都在祥云里。坐上飞机，在万米高空的云端上，云层高低起伏，斜拉横拽，形成了高山峡谷，河道丘陵。随着云卷云舒，出现了高山平地，云山雾罩。这一点，吴承恩描写得最为逼真，《西游记》就是例子。

但是，云却没有根，上不及穹宇，下不及黄土，即使江河之上平起青云，也是扶摇而上，最终还是飘浮在空中，任风将它推得摇来摆去，不得自主。正因为有了这种性格，所以人们往往将之称为流云、浮云、青云、彩云、五色云。

风与云是孪生弟兄，"说风就是雨""呼风唤雨""风雨欲来""风云突变""风云变幻""翻云覆雨"等，永远分不开。但云和烟又是结拜兄弟，"乱世烟云""烟云缭绕""过眼烟云"等，两者虽然性质根本不同，但形象却差不多，都是在空中飘忽不定变幻无穷的东西。

然而云，不仅在外观上让人看到它的美丽或狰狞，而且让人从内心上也产生出许多无名感慨，彩云飘飘、高天流云、波谲云诡、风云世事，显然是对云不同的鉴赏态度。

巧的是我们两个都爱看云说云，我不仅写过关于云的文字，还胡诌过关于云的诗句，尤其是我写了一本所谓的回忆录式的册子，取名就叫《往事流云》。这个小健，写文章，又偏偏弄一个"看云闲笔"。心有灵犀，都想到了一个云字。

然而不同的是，我是用眼睛来看云，只看到云流动变幻的表象，而小健是用"心"来看云，因而由看云引发出许多许多的心思来。这些个心思，天上地下，人鬼阴阳，喜怒哀乐，六欲七情，都用简洁明了或长或短的文字，写在了一个"闲笔"上，这就是他要出版的作品的其中之一——《看云闲笔选》。

就凭了一个对云的缘分，这个序我就没理由不写，这是二。

第三，文缘。

小健是做行政工作的，基层小吏，每天也是忙得不可开交。他不吸烟，少喝酒，生性内向，不善和人多聊，和他爸的脾性很接近，有时被人目为书呆子。他唯一的爱好就是舞文弄墨，经常写篇散文，写上两首小诗。年纪轻轻，居然就在《光明日报》发了一篇叫《三味真火》的散文。在偌大的《光明日报》上，居然也能插上一脚，这在小地方，最基层，很是难得。他曾写了一大篇赞誉我的文章，叫《一个考古专家的丁村缘》，在《山西日报》几乎占了一个版；接着又写了我和我那个小宠物博美小犬的故事，发表在山西一家报纸上。

无独有偶，我也爱写一些小东西，见诸报刊的也不少，多少也出版了几本小书。我们叔侄两个情趣相投，都爱写，还经常坐在一起就写文章的事论长道短，说得津津有味，忘记吃喝。

还有就是我们俩都爱写毛笔字，经常交流交流，当然也少不了说长道短，有时还互相吹捧吹捧，觉得挺得意。

也就是这个文缘，成了我不得不为他写这个序的理由。这是三。

《看云闲笔选》很有"古味儿"。过去有一种"笔记小说"的书，较早的像《齐谐记》《搜神记》等，后来的像《聊斋志异》《阅微草堂笔记》等，再近的好像就说不出什么了。我觉得他这本书程式上有蒲松龄的味儿，形式上有纪晓岚的味儿，语言上有鲁迅的味儿。好多虽然是看云看出来的感悟或感慨，但这云是接地气的，是出自地面的"云"（此处的"云"是古语"说"的意思），读起来特别亲切。那幽默的言语，甜得像乡宁山里的野生枸杞，酸得又像山崖上发红的小酸枣，辣得像乡宁饸饹面里的辣椒，看着红，吃着辣，但还是越辣越想吃。《鄂河谣》叙写了他的年少时光，我好像能看到自己的青涩岁月；《有距离的地方》，有故事，有情感，有人物，有文化，虽然不够多的文字，却反映了他的心灵敏感、恻隐与正义善良，其中《中秋的别》曾刊发在《山西日报》，被人民网转载，写的是我的大哥2000年冬天脑出血后的小事一件，我感觉可以和朱自清先生的《背影》相提并论；《闰七月的孩子》是一本诗集，其中的《丁村吟》，写的就是我生活工作了半个多世纪的丁村的两个全国重点文物保护单位——丁村遗址和丁村民居，没有几个字，却能把这两个"国保"写透，不简单，诗是人类的灵光，这孩子内向木讷模样，何以有此灵光？

由于我和小健的关系，由于这几种缘分，我就写了这些发自内心的话。通过这些话，我想让读者们知道，我和小健都是文盲家庭出身，是这个社会，给了我们文化，给了我们知识，给了我们光明。

对于他诗文作品的出版，想了半天，我只想说，形式朴雅，语言幽默，发人深思，耐人寻味。我祝贺陶健作品的出版。前路是畅通光明的，但又是曲折的。只要有了目标，循着目标，大步前行，我相信，我们小健的文采，会放出它应有的光芒。谢谢我的侄儿，小健。

陶富海

庚子年九月二十日于丁村旧院

后　记

　　那天，微信给老同学乔琰留言："稿子快校对完了。"老乔回说："那我也得加紧了。"我发了笑脸微信表情。

　　这两年，有了把哩哩啦啦写的东西整理出来进行出版的念头，但是时而觉得文章千古事，时而觉得了无意义。有一个场景我终生不能忘记。那是早年，一次偶然机会去北京，逛图书大厦，转着，就觉得世界上的话，好话赖话，哲思情感，科学艺术，尽皆在这大厦里，在这大厦如山的书里，自己喜欢写点东西，所写的东西，话不都在这里能找到吗，还写个什么劲儿！写都没意思，出版不就是皮之不存、毛将焉附？但是觉得文章千古事的当儿，曾经给老乔说过出书的事儿，因为老乔是我高中同班同学，有才华，他的"老家山西"微信公众号办得风生水起，就说让他给我写序。老乔应了，我却在患得患失间时光荏苒。老乔说："你下定决心出版，就写。"那天之前，我想通了，出吧，是骡子是马，爱咋咋的吧。给老乔打了电话，他说："我写。"

　　就出吧，与名利无关。

　　人过五十，心性大变，未来道路似乎还不短，但看看真不可日长，毕竟人生无常，才是常态，知此，知天命。从小喜欢写作，做过文学的梦，就一直写哪写，文章不多，却不曾辍。想想，自己真正开始写东西，竟然有三十春秋了，把这么长的时间里写的东西，能看的，不丢人的，整理出版，也算是对过往的总结，是对自己的一段生命的交代。

没有多么高深的思想，没有多么深刻苦难的体味，没有多么宏大的事业。我写的东西，就是这样，就像自己的工作不能叫事业而应叫职业一样，但是，实实在在。作为一个业余写点东西的人，我的写作原则是，写自己的心，写身边的人，写身边的事，取向是真善美，为真善美。

写作，是个人化的、孤独的事情。写作者应该是孤独者。时尚的和哗众取宠的写作，我始终怀疑其"真"的刻度。

山西有一位作家，我记得其在一本集子的前言或是后记里，就在时间的、历史的、人生的长河里，留下的、留不下的，一番分析一番讨论一番唏嘘，当时我读来深为感叹。后来又读史蒂芬·霍金的《时间简史》，更是感觉人就是沧海一粟的 n 次方。书稿出版与不出版，始终有纠结，但是，还是出吧，时时得自我鼓励或坚定一下。

能说的，该说的，都在文稿里了。再说都是多余；再说，就应该是此后新的生活、新的感受。但是还想絮叨。平时书写，并无特别规划，说好听了这正是我自由散淡性子的写照，其实是说明了我不是一个善于规划的人。这也好，保证了自己的写作，是真诚的。不想，诗文整理出来，居然跟规划了的一样，可分四册，各有其意。《鄂河谣》是童年到高中毕业期间的事，仿佛自传，却不是自传；《有距离的地方》是一些自认为可以让人阅读不至于作呕的小散文选集；《闰七月的孩子》是上苍所赐，我只是他的一支笔，能写，就主要集中在 2014 年至 2017 年那几年的时间里（有顿悟的小意思），此前读诗但是对诗的写作一窍不通，此后想写就根本不知道该怎么写了，感恩缪斯的垂青；《看云闲笔选》是走向知天命之年的随记，有感而发而记，有话则长，无话则短，长者千余字，短则数十字，率性随记，自觉有江郎才尽之感或却道天凉好个秋的意蕴，我本无才，何谈尽，能与江淹与辛弃疾比？! 噫。

此书若得出版，心有感谢。

感谢我的父亲母亲。父亲名"富山"，正义认真固执，初中文化，小公务员，曾喜欢写小说散文，无成，弄小煤矿想发财，亦无成，全家的生活，仿佛从来没有宽裕过，直到他 2005 年去世。母亲张清香，四十二岁去世，在我这里，除了有她的几张不够清晰的照片和对她面容同样模糊了的记忆，就是她在世时我从没有感觉到的、现在却无尽思念的对我兄弟姐妹们的爱，我婴幼时期的百日咳差点使我不能生存于世，是她每天抱着我去离家十六里的汾城医院打针才得以幸存。文章里我说，百日咳百日咳，母亲抱着我至少跑了一百天。他们给了我生命，没有他们就没有我，此书便更是无从谈起。

感谢我的叔父。叔父名"富海"，听我哥哥说他的小名叫"小狗"，没有求证，不好意思问。关于他，收有好几篇文章，短的长的。他文人气息的书法给我题写书名，他美妙的画作给我作插画，他给我洋洋洒洒写了跋。本无须感谢，他是我的亲人，但还是要感谢，他是考古学家，又是书法绘画散文的卓有成就者，他的出手，为我的书增了彩。我们叔侄，不敢说珠联璧合，但是可说相得益彰吧。在家乡襄汾县南贾村那一带，若兄弟数人，有了下一辈的子侄，老大的孩子叫老二"亲爸"。我父亲本兄妹四人，成人者就他和叔父，恰好他俩是老大老二，我就叫叔父"亲爸"。

感谢路遇。我常想，人生就是一次单向的不回的旅程。我还常把年份比作列车，像我，乘坐的就是1968年号。写作是个人化的孤独的事情，人生却离不开人们的帮助，那些上苍让我人生旅途路遇的曾经向我伸出援手的善良的人、友好的人，有领导，有同事，有同学，有社会上的，衷心地谢谢你们。

感谢侯马。这个晋南小城！无论在哪里，和人聊天，我都会说自己是襄汾人，说自己是乡宁人，却不会说自己是侯马人，只会在侯马以外的地方说我是"侯马的"。仔细想想，自己大学分配到侯马工作，已三十年整。曾经有远方的梦，有离去的想法，而终还是在侯马扎了自己的根。侯马是春秋时期晋国晚期的都城，是唯一从文献资料记载和考古发现可以得到相互印证的晋国都城，晋国辉煌于此，三家分晋于此，是三晋之源，曾经的辉煌散尽，沉淀成一处处遗迹，侯马盟书、宫殿台基、铸铜遗址……四十余处晋国遗迹集合而成的晋国遗址，是全国首批重点文物保护单位，为一方水土打上了沉甸甸的历史的文化的印记；太行八陉最南一陉轵关陉往北的终点铁刹关，在这里厄守着一条京城通往秦陇川的古驿道；"南来北往商埠地，千车百货旱码头"，古代的商业旱码头，而今是商贸物流城……历史文化的渊源，现实生活的演进，场面铺排，市井生活，城市真的是古老、年轻、厚重、时尚、世俗、清雅，时代脚步前行，而生活又是真真实实、踏踏实实，有理想的旗帜飘扬，有眼前的庸常苟且。侯马城区的正南面，有山，叫紫金山，也叫绛山，有闲暇，我会驻足自家阳台，七楼——视线还不错——去凝视它，山亘古不语，我心有喟叹，文字却难表达，于是便只默默地望着。我，也已经是地地道道的侯马人了。

感谢生活。我常常有一种想离开此地的愿望，与生俱来，"此地"，是每一个"现时"所处之地。我不知道自己何以有这样的愿望，仿佛离开，仿佛游历或者说流浪，才能得到安宁。而离开了，又会深深地思念怀想。为什么呢？这样的矛盾！也许矛盾就是生活。正是这样的生活，使我时时有写作的欲望。突然想起了苏轼的一首词：

常美人间琢玉郎，天应乞与点酥娘。尽道清歌传皓齿，风起，雪飞炎海变清凉。

万里归来颜愈少，微笑，笑时犹带岭梅香。试问岭南应不好，却道，此心安处是吾乡。

好一个"此心安处是吾乡"！

感谢帮助我出版工作的人。悟阅文化的吴秀娟女士；老同学乔琰又是写序，又是策划；同事薛文军，从编稿到打印；小小一片"鑫鑫打印店"，从老板到打字员，耐心又耐心……不能一一列出，一并致谢了。

虽说有点对自己作品不至于使人很厌恶的自信，但我心里还是惶惶然，因为自己毕竟是陋室白丁，出书，究竟是对水准吃不太准。倘若书得以顺利出版，奉在读者面前，有浅薄之感，有违和之感，还请海量包涵，批评则个。

再次感谢，感谢闫建国先生、王醒安先生、乔琰先生拨冗作序，谢谢所有帮助过我和打开此书的人！

陶 健

2021 年 11 月 28 日于家中

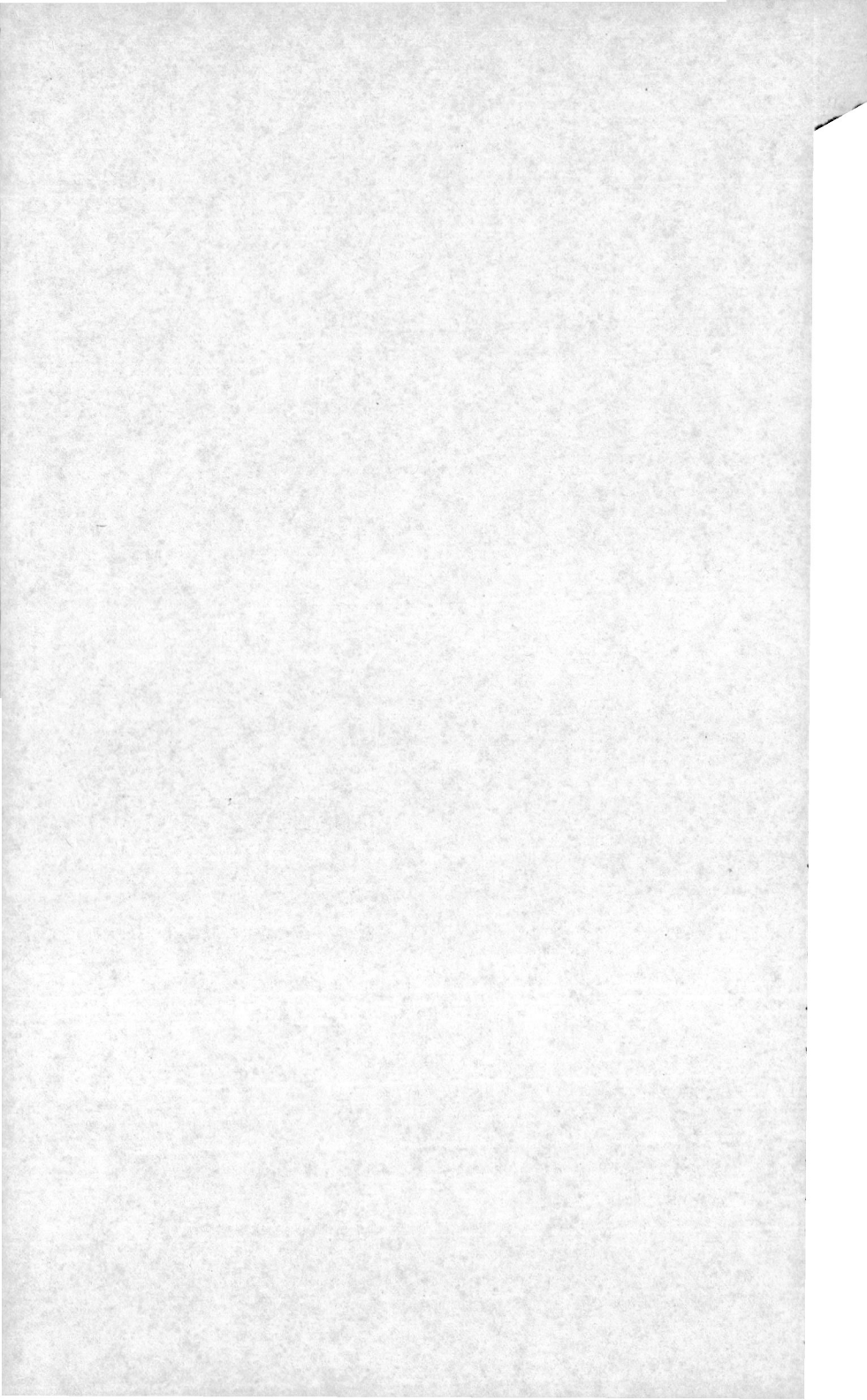